开往火烧云的火车

读者丛书编辑组 / 编

读者出版传媒股份有限公司
甘肃人民出版社

图书在版编目（CIP）数据

开往火烧云的火车 / 读者丛书编辑组编. -- 兰州：甘肃人民出版社，2022.10
ISBN 978-7-226-05827-5

Ⅰ．①开… Ⅱ．①读… Ⅲ．①散文集－中国－当代 Ⅳ．①I267

中国版本图书馆 CIP 数据核字（2022）第 091655 号

出 版 人：刘永升
总 策 划：刘永升　马永强　李树军
项目统筹：宁　恢　高茂林
策划编辑：高茂林
责任编辑：肖林霞
助理编辑：魏清露
封面设计：裴媛媛

开往火烧云的火车

读者丛书编辑组　编

甘肃人民出版社出版发行

（730030　兰州市曹家巷1号新闻出版大厦14楼）

北京温林源印刷有限公司印刷

开本 710 毫米×1000 毫米　1/16　印张15.75　插页2　字数203千
2022年10月第1版　2022年10月第1次印刷
印数：1~5 000
ISBN 978-7-226-05827-5　　定价：39.00元

目 录
CONTENTS

001 搬家 / 王　蒙

006 七十二本存折 / 麦　家

009 老手表记 / 肖复兴

014 人间有味 / 潘向黎

017 活个高兴 / 阎　红

021 老屋窗口 / 余秋雨

028 只要月亮还在天上 / 张　炜

031 姥姥和季羡林是同学 / 倪　萍

038 记忆中的那碗汤圆 / 毕飞宇

042 最好的月色我也曾看过 / 叶圣陶

044 拣尽寒枝不肯栖 / 韩美林

048 何以解忧，最好独游 / 余光中

053 我们有时间变老 / 毛　尖

057 舍得，舍不得 / 蒋　勋

060 燃烧的蜡烛 / 肖复兴

063 读书与美丽 / 严歌苓

065 遍地应答 / 韩少功

068 随风吹笛 / 林清玄

071 老家 / 史铁生

078 金克木先生的"独奏" / 钱文忠

083 一生"诗舟"播美，百岁仍是少年 / 史竞男

089 生活，没有想象的不堪 / 黄　灯

096 她从海上来 / 吴晓乐

103 对一只蝴蝶的关怀 / 李汉荣

106 时间的河流与母亲的光阴故事 / 韩良露

111 黑夜的火车 / 李朝德

115 萨赫勒荒原 / 朱山坡

124 春风送网 / 简　媜

127 敦煌的女儿 / 陈　娟

136 她在边境刻"中国" / 雷册渊

141 外婆家，外公家 / 啤　桃

145 乞力马扎罗的挑夫 / 赵　珺

149 读书当有光芒 / 刘诚龙

152 简单相信，傻傻坚持 / 樊锦诗　顾春芳

155 多快的手也抓不到阳光 / 鲍尔吉·原野

158 风，起于青萍之末 / 陆晓娅

163 杨绛先生回家记 / 吴学昭

170 且将一生草木染 / 方　蕾

173 苏东坡的"坡"与海明威的"海" / 张　炜

177 美丽净土的守望者 / 张大川

186 第一幅画 / 张晓风

189 只要有家可以思念 / 蒋　曼

192 槐花落 / 路　明

196 补丁 / 申赋渔

201 告别印象主义 / 刘　瑜

203 快递里的深情 / 艾　科

206 朗月照人 / 钱　杨

212 冬日暖炉会 / 韩良露

215 读懂《西游记》，就读懂了人性 / 甘蓝蓝

220 第四位诗人 / 林清玄

223 这就是母亲 / 蒋　勋

226 伊斯坦布尔的气味 / 周云蓬

230 聆听父亲 / 张大春

233 不知老之将至 / 和菜头

236 虚室生白 / 郭华悦

238 我的船长，聂鲁达 / 凯　迪

243 自我的拗力 / 张　炜

245 致谢

搬　家

王　蒙

我有许多次搬家的经历。

记得幼年时期曾经住在北京后海附近的大翔凤胡同，那是一个两进的院落，我们是租住的。我至今记得夏日去什刹海搭在水面上的店铺里吃肉末烧饼，喝荷叶粥，傍晚看着店工费劲地点燃煤气灯的情景。

后来家境每况愈下。我们住不起两进的院落了，便搬到北京西四北南魏儿胡同14号，住里院，外院住的是另一家。里院有一架藤萝，初夏开起红紫白相间的花朵。花朵很好看、很香，如脂如玉，藤萝架也很美。藤萝花还可以吃，把花洗净了，用白糖腌起来，然后做蒸饼的甜馅儿，好吃。

藤萝角长得很大。小时候我爱想的一个问题是：藤萝角有什么用？没有人能告诉我藤萝角的用途。我幼年时曾经有志于研究藤萝角的用途。我认定，像一柄柄匕首一样垂在藤萝架下的藤萝角，一定是有用的，关键是还没有人把它们的用场研究出来，而我，应该完成这个使命。

后来，我把这份使命感丢了，忘了。如果写检讨，说不定这是我在人生道路上的一次选择失误。好好地研究一下藤萝角的用途，应该还是有用的。我也会因而多做出点实事来。

后来我们在西城报子胡同的一个地方住过，当年似乎是甲3号。那是人家房东的大院子后院的几间厢房。房无奇处，但后院似有几分"后花园"的意思：有假山，有几簇竹子，假山与竹子都破败了，年久失修，无人照管。可能是因为社会不安定，政局不安定，谁还有心管什么竹子、山石？但我似乎看到过小猫在山石上爬上爬下。我和几个小学同学也利用这地形玩过亘古长青的打仗游戏。晚上，我欣赏过窗户纸上映出的竹叶的阴影。我那个时候又有志于画国画，还买过《芥子园画谱》。后来又忘了学画，这又是一件该叹息的事了。

我还住过受壁胡同18号、小绒线胡同27号，等等。

1963年年底，我来了一次大搬家，搬到新疆。一到乌鲁木齐，我就被接到了文联家属院。天寒地冻，冰封雪掩，从外面看房子一片土黄，黄土墙、黄泥顶子，更像乡下的房子。进屋以后还不错，刷得白净，烧（火墙）得暖和，只有窗玻璃上结满了不知比玻璃本身厚几倍的冰花，使窗户呈现出一种不规则的水晶体的半透明状。隔着这样的窗户望出去，一切都看得见，一切又是变形与错位的，好一扇富有现代感的窗子！为什么房里生着温暖的火灶、火墙，但窗上的冰花都不融化呢？主要是因为窗外太冷了，零下20多摄氏度。我这才明白因纽特人用冰造房子，而房内温暖如春的道理。这是我第一遭住单位的家属院。

不久，我搬到妻子所在的乌鲁木齐的一所中学里，为了她上班更方便，也因为那边是三间房。一家占三间房，这简直阔绰得不可思议。搬进去我们才发现了缺点，原来那房的地面是土地，没有地板，不是水泥地，也没有铺砖。土地起土，卧室的地还发出一股强烈的尿臊味，此前住这房子的人家一定有小孩子就地小便。我始终觉得值得一忆一笑一叹的是，我们决定搬家的时候，竟还不懂得需要看一看新居的地面是什么样的，竟不懂得地面状况是挑选房子的标准之一。我们曾经多么天真呀！人总能够自我安慰的，想到幼稚天真就想到了纯洁可爱，对自己曾经的傻瓜行为依依不舍。那时候，我们已是而立之龄了呢。

1965年，我去了伊犁，先住在一间办公室里，顶棚和地面都镶着木板，只是木板已经破旧，漆面已经剥离脱落，走这种破地板比走土地还容易崴脚。3个月后，我搬入新落成的教工宿舍。由于房子入冬才建好，潮气大，一点火，屋里就水汽氤氲，谷草味很浓。又由于麦子打得不干净，麦秸里混着麦粒，和成泥抹在墙上，一升温，麦子便纷纷发芽，墙上居然长出一根根绿麦苗。当然，它们长不成小麦，虽然我以开玩笑的方式向农民朋友称之为"我的试验田"。这些经历我写在一篇小说里了，也算是文学效应吧。

我在伊宁市搬过多次家。每次搬家都是用俄式的四轮马车，大体上两车搬完，一车拉家具、行李，一车拉煤、柴、破烂。那时的家当确实很少，符合"轻装前进"的原则。

再以后，我又从伊犁搬到乌鲁木齐。为修房子，我又临时搬到充满药品气味的化学实验室。"化学屋"的好处是夏天不进蚊蝇。

1979年，我搬回北京，先住在一个小招待所，再住"前三门"、虎坊桥，直到现今又住起了平房。平房的特点与优点是更接近自然，听得清雨声风声，室温随着气温变得快，下过雪后可以堆雪人，便于养花养草养猫养狗。我养花多失败，不会侍候花过冬。植树倒小有成绩，除原有的枣树和香椿树以外，我们自己移栽了石榴树、柿子树和杏树。石榴树移栽当年就结了8个果，杏树开花一朵（孤单的一朵，一花独放，绝了），柿子树只长树叶。平房更利于夏季乘凉，完全可以在院内开派对。这个小院接待过日本作家井上靖、作曲家团伊玖磨、旅美诗人郑愁予、作家琼瑶等。夏夜放置躺椅数把，一起饮茶与可口可乐及绿豆汤，闲话天南海北，怨而不怒，乐而不淫，亦福事也。

缺点当然也有，蚊子多，虫子多，有潮气，有会飞的与不会飞的土鳖，有攻枣的"臭大姐"（学名椿象），有好杏的蚜虫。虽几经征战，虫子还是落而复起。这也是大自然的一部分吧，有虫子，是天意。

回忆了半个世纪，重要的搬家已十余次，不知是反映了变动、不稳定，还是反映了改革和发展。我的生活还是丰富多彩的。搬家是个体力活，即使有了提供全套服务的搬家公司，也还得花力气。尤其是书，常用的书一大堆，不常用的书也死沉死沉的，打点起来活活要人的命。还有就是旧物，扔舍不得，不扔又白白地占地方，白白地自我霉烂、自我死亡。其实理论上我完全懂得，家庭面貌在很大程度上取决于是否充斥着多余的什物。家里东西摆设的道理与写文章是一样的，精少为佳。应该在增购新物品的同时搞精简，这件事也是需要点魄（破）力的。

常搬家太累，太不稳定，但见到一些数十年如一日住在一处的老友，又替他们憋闷得慌。我们有一家亲戚，最近搬了一次家，条件似还不如原来。但他们说，他们已老了，这次不搬，恐怕以后就"没戏"了。我完全理解这种心情。为搬家而搬家，就像为吃苦而吃苦、为上大学而上大学、为艺术而艺术、为锻炼而锻炼一样，未必堪为训，实亦不足奇。

刚搬到一处总有几天的新鲜劲儿，临搬时告别旧居又有点儿依依不舍。行李打成包，乱纸扔一地，东西一堆堆的情景甚至使人想起电影中敌军司令部溃散前的场面。呜呼，哀哉！上车！而且往往在搬家的时候，人会想起：又是好几年，就这样无影无踪地过去了。过去的年代、过去的家，都一去不复返了。如《兰亭集序》所言："俯仰之间，已为陈迹。"

其实不搬家，时光也在不停地迁移。

（摘自《读者》2021年第1期）

七十二本存折

麦 家

朋友姓骆，叫其父为骆父吧。骆父瘦，腿长，更显瘦，杆子似的。我见过骆父三次，分在几年里。

第一次失之交臂，他例行去远足，我只见其背影；第二次他刚远足结束回家，累得倒在躺椅里，气喘吁吁，只对我点头；第三次总算正常，一起吃晚饭，却只说了几句话。

骆父不爱说话，爱运动，日日带着干粮上路，奔波在漫山遍野，把力气和脂肪全通过汗水洒在路上。

骆父年轻时在石灰厂做工，双肺吸足尘灰，年纪轻轻便落下慢性支气管炎，未及中年，已同老人一样虚弱，气力不足。生产队劳动，评工分，别人十分，他要打八折，因为身子虚弱嘛。都以为他寿数长不了，老早就病殃殃的，一副阎罗王随时要叫走的样子。他却一路蹒跚，踉踉跄跄，挺到八十四，全村人当稀奇事讲，编织出各种故事。

故事的配角是朋友，讲他手眼通天，花钱收买了阎王爷。在乡下，阳世阴府是打通的，有钱能使鬼推磨。

朋友实是普通人，理工男，嘴笨性平，通人的功夫都不及格，谈何通天？只是做事钻，下海早，挣到了钱。

这年代，只要入对行，下手早，挣钱是很容易的事。哪怕在合适的地方让银行给你垫钱置几处物业，都能赚翻天。

朋友就是在合适的时间做了合适的事，摇身变为一个做八辈子梦都想不到的大款。他却从不款待自己，生活节俭，不嫖不赌，不抽不喝，不养小三，不慕虚荣，不贪享受，不显山露水，甘于平常，标准的五好男人。他唯一款待的是病父，细心地呵护着，真不愧是大孝子！

骆父的寿命一半是儿子花钱保出来的，一半是他自己用脚走出来的。医生建议：肺不好，用脚呼吸。是"堤内损失堤外补"的意思。

骆父持之以恒，不论严寒酷暑，只要出得了门，绝不待在家里。他从不懈怠，也得到好报。生命在于运动，骆父是顶好的例子。但病肺终归不饶他，不时向他报警，2016年，他终因肺衰竭撒手人寰。

医生说老人家的肺像老透的丝瓜瓤，只剩网状的筋络，凭这样一对肺却能活到这个年纪，是奇迹。奇迹是儿子的孝心和父亲的双脚联袂创造的。

骆父还创下另一个奇迹。

整理遗物时，朋友发现父亲房间里，那张他小时候曾做过作业的小书桌，有一只抽屉牢牢锁着：一把明锁，一把暗锁，双保险。

父亲是突然跌倒，然后在多家医院辗转、深度昏迷半年之久才走的，没有临终交代，没有遗嘱，儿子不知道"重兵把守"的抽屉里到底藏着什么宝贝。当然要打开，兴许里面就有遗嘱。

朋友到处找，找不到钥匙，只好找刀钳帮忙。撬开看，小小的抽屉里塞满五花八门的存折，有黄的，有红的，有蓝的；有的新，有的旧，有的破；有的只是一页纸，是最老式的存单。数一数，总共72本（张），存款少则几千，多则几万，大多是一万整数，累计83万多。

朋友讲，当他看到这些存折时——这么多，摞起来，要排成两列，否则就要坍倒——完全傻掉了。他瘫坐在父亲的床上，足足一个下午，都在流泪、心痛，好像每一本存折都是一本令人心碎的书。

存折有的已经存放二十多年了，变色、发霉，房间也已经空落半年之久，四处积满灰尘，在夏天的高温天气里，不可避免地散发着一种酸腐味。但朋友讲，这是他闻过的最好闻的一种味道。一年多来，他坚持每周末回去，到父亲房间坐一会儿，重温这个味道，好像是上了瘾。

我曾陪朋友去他父亲日日行走的路线走过一趟，走得饥肠辘辘，看见一家野菜馆，便去就餐。当地有一种土制红薯烧酒，很出名，自然要尝一尝。

菜端上桌，热腾腾的，我们举杯。朋友举起又放下，流下泪水，捂着脸出门，不回头，一意孤行地走。我付完账，追上去，什么都不讲，忍着饥饿，默默陪他走。我知道，他一定是想起父亲每天带着干粮在这条路上走。

我纳闷，难道他不知道你有钱？朋友讲，其实他是知道的，只是出身苦，舍不得花钱。

我想也是，我母亲也是这样。据说我给她的钱大多存在银行里，密码是我儿子的生日。我让她花掉，她总是讲，她少花一块，我就可以少挣一块。我不知道这是什么逻辑，只知道，天下父母都这样，宁愿自己苦着、累着、熬着、啼着血，也要对子女道一声岁月静好。

（摘自《读者》2018年第12期）

老手表记

肖复兴

上中学的时候,有一位女同学和我很要好。我们两家住在同一条老街上,几乎门对门。她常来家里找我,我们一起复习功课,一起读诗,一起聊天,一起度过青春期最美好的日子。

高二暑假过后,她来我家,我忽然发现她的腕子上戴着一块手表。那个年月,手表是稀罕物,是所谓缝纫机、自行车和手表"三大件"之一。大人中戴手表的都很少,我家生活拮据,父亲只有一块有年头的老怀表,却不是揣在怀中,而是挂在墙上,当成全家人都能看得到的挂钟。一个中学生戴块手表,更是少见。

我知道,她出身于干部家庭,生活宽裕。那是1965年的秋天。她腕上的这块手表,映着透过窗子照进来的夕阳,一闪一闪的,像跳跃着好多萤火虫,让我的心里涌起一种说不出来的感觉,仿佛童话里贫儿望见公主头上戴着闪闪发亮的皇冠。她大概发现我在注视她的手表，对我说了句："暑假里过生日，我爸爸给我买的。"说着，一把从腕子上摘下手表，揣进上衣的口袋里。这块手表，忽然让她有些不好意思。

这块手表，一直闪动着，伴随我们一起度过中学时代。高三毕业，学校停课了，大学关门了，前面的路渺茫，不知道等待我们的是什么。1967年的冬天，我弟弟报名去了青海油田，他是我们这一群人中第一个离开家离开北京的。那一晚我们到火车站为弟弟送行，她也去了。火车半夜才开走，她家大院的大门已经关闭，她回不了家，只好跟着我们院子的几个孩子，一起来到其中一个孩子的家里，大家都是同学，从小一起长大，彼此很熟悉。那个同学家的屋子很宽敞，家长很宽容，让我们几个孩子横倚竖卧地挤在各个角落里，度过了那个寒夜。

在一张餐桌前，我和她面对面地坐着，开始还聊天，没过一会儿，就都困了，脑袋像断了秧的瓜，垂到桌子上，睡着了。一觉醒来，我看见她双手抱着头，还趴在桌上睡着，随着呼吸，身子在微微地起伏，腕子上的那块手表，滴答滴答跳动的声音特别响，在安静的房间里清脆地回荡，像是有什么人迈着节奏明快的步子从远处走来。窗外，月亮正圆，月光照进窗子，追光灯一样，打在手表上，让手表如舞台上的主角一般格外醒目。我看清楚了，是块上海牌手表。

那一晚，这块手表的印象，留在了我们分别前最后的记忆里。半年多之后的夏天，我们两个人前后脚去了北大荒，两家各自的颠簸与动荡，让我们都走得那样匆忙而狼狈不堪，没有来得及为彼此送别。我们从此南北东西，天各一方，有怅寒潮，无情残照，断了音信。

1970年，我有了第一块手表。那时，我在北大荒务农，弟弟在青海油田当修井工，有高原和野外工作的双重补助，收入比我高很多，他说："赞助你买块手表吧。"那时候手表是紧俏商品，国产表要票券，外国表则价高。我本也想买块上海牌手表，却无法找到手表票，弟弟说那就多花点儿钱买块进口的表吧。可进口的手表也不那么好买，来了货后要赶去排队，去晚了，排在后面，就买不到了。我中学的一个同班同学被分配在北京工作，我每一年从北大荒回家探亲，都要和他叙叙友情。听说我要买表，他自告奋勇地说："这事交给我了！"我有些不好意思，因为他要赶早去排队，得请假。他却对我说："你就甭跟我客气了，谁让我在北京呢！"

他家在花市头条。为万无一失买到这块表，天还没亮，擦着黑，他就从家里出来，骑上自行车，穿过崇文门外大街，再穿过我家院前三里多长的整条老街，赶到前门大街的亨得利钟表店排队，排在了最前面，帮我买了块英格牌手表。那天，下了整整一夜的大雪，到了早晨，雪还纷纷扬扬。

那时候，他自己还没有手表，这让我很过意不去。他对我说："你在北大荒，四周一片都是荒原，有块手表看时间方便。我在北京，出门哪儿都看得到钟表，站在我家门前，就能看见北京火车站钟楼上的大钟，到点儿，它还能给我报时呢！"

1974年的冬天，在分别整整7年之后，我和她重逢了。那时候，我已经从北大荒回到北京，在一所中学里当老师；她作为第一批工农兵大学生刚刚毕业，留在哈尔滨工作。她从哈尔滨到上海出差，途经北京，找到我家。尽管早已物是人非，但我一眼看见她腕上戴着的还是那块上海牌手表，不知为什么，心里竟然一动，仿佛又看见了中学时代的她，也看见了那时候的自己。那块手表成为我们逝去青春的物证和纪念。

我的那块英格牌手表，一直戴到1992年的夏天。那时候，我正从西班牙到瑞士，刚刚从苏黎世出海关，那块英格牌手表突然停摆了。回到北京，拿到钟表店去修，师傅说表太老，坏的零件无法找到配件，没法修了。想想，这块瑞士产的手表，居然在踏进瑞士国土的一刹那寿终正寝，冥冥之中，实在有些匪夷所思。

人生如梦，转眼28年过去了，我将这块英格牌手表，一直压在箱子底，没有舍得丢掉。看到它，我会想起为我买这块表的那位同学和那天清早天色蒙蒙中纷纷扬扬的雪花，也会想起我的那位女同学和她的那块上海牌手表。几番离合，一晃，我们都老了，老手表记录着我们从学生时代到如今50余年绵长的友情。

很久没有联系了，年前一个大风天的下午，我没有出门，座机的铃声响了，竟然是她的电话，熟悉的声音，即使隔开那么长的时间，隔着那么长的电话线，我还是一下子就听出来了。我有些意外，她说她的电话簿丢了，偶然看见一本许多年前的老电话簿，上面的电话号码都是她父亲的一些老同事和她自己的老朋友的，便一个一个地拨，大部分电话都打不通，没想到我的打通了。

我告诉她，我的电话号码一直没变，手机和座机都没有变。我一直觉得，很多老的东西，是值得保留的，保留住它们，就是保留住回忆，保留住自己。逝去的岁月，不堪回首也好，五味杂陈也罢，就像卡朋特的歌里唱的那样，它们能让昔日重现。所谓"野渡无人舟自横"，舟在，人便在，渡口的水也就荡漾起旧日的涟漪。

电话里，我们聊了很多，其中就有昔日的回忆，花开一般重现。放下电话，我又想起那块上海牌手表，那表已是老古董，她肯定早就不戴了。不过，我想，能保留着老电话簿，保留着老朋友的友情，她一定也会和我一样保留着那块老手表。

我想起当年一起读过的济慈那首有名的诗《希腊古瓮颂》里面的句子：

你竟能铺叙／一个如花的故事，比诗还瑰丽。

等暮年使这一世代都凋落，／只有你如旧。

济慈的诗是写给一只古瓮的，把它送给我们的老手表——上海牌手表、英格牌手表，也正合适。

（摘自《读者》2021年第10期）

人间有味

潘向黎

总觉得唐人在饮食方面偏于简单。这可能是我的错觉，但不能怪我，责任在唐诗。

读过的唐诗里，关于饮食的诗句，最令我难忘的是杜甫《赠卫八处士》中的一句："夜雨剪春韭，新炊间黄粱。"那是描写他到一个老朋友家受到的招待，那顿饭被大诗人写成了千古美餐：是春天，有当令的菜蔬；是雨夜，于是有湿度和气氛；餐桌上有鲜艳悦目的色彩，有朴素而天然的香味。生活气息扑面而来，食欲美、人情美在温暖的色调中交织氤氲。

还有李白，他的笔下满溢着酒香，但是真正的酒徒往往对食物不太在意，也是做客，也写食物，他就非常简单："跪进雕胡饭，月光明素盘。"（《宿五松山下荀媪家》）雕胡就是菰白，能结实，名叫菰米，可作饭。用白色盘子装了这样的饭，虽然简单到寒素的地步，但在月光下该会有晶莹剔透的感觉吧。

印象中，到了宋代，情况就不一样了。因为苏东坡的胃口好得很，他不但发明了像东坡肉这样的名菜，还在笔下留下了勾魂摄魄的美味。且看他的《惠崇春江晚景》：

竹外桃花三两枝，春江水暖鸭先知。

蒌蒿满地芦芽短，正是河豚欲上时。

蒌蒿、芦笋、河豚，和竹、桃花、江水相提并论，一起充当了仲春的使者，这首诗不但画意盎然，而且在后两句诗里，苏东坡显示了他不但是一位观察细致的诗人，而且是一位真正的美食行家。河豚吃蒌蒿、芦笋就长得肥，三者之间有内在联系，苏东坡不是随便写写的，每个字都有道理。

在他笔下，早春景象也和美食有关，这是一首《浣溪沙》的下半阕：

雪沫乳花浮午盏，蓼茸蒿笋试春盘。人间有味是清欢。

古代风俗，立春日以蔬果、饼饵等置盘中送人，表示贺春，叫作春盘。这里写出了春盘的内容，同时点出时间是早春，"雪沫乳花"的茶和"蓼茸蒿笋"的春盘，同为清香之物，超尘脱俗，又有白有绿，鲜明生动，使"有味""清欢"水到渠成。

明代的文人中，写吃写得多且妙的，是画、诗、书三绝的郑板桥。他写吃往往是一派平民风味："稻蟹乘秋熟，豚蹄佐酒浑""江南大好秋蔬菜，紫笋红姜煮鲫鱼""湖上买鱼鱼最美，煮鱼便是湖中水"，甚至连"笋脯茶油新麦饭"也入了诗。

郑板桥还有一副好对联，联曰：

白菜青盐粯子饭，瓦壶天水菊花茶。

我很喜欢这副对联，表面上全是静物，而其人自在；纯是素朴，而品格自华。粯子是粗麦粉,这样的茶饭,真是一贫到底了。但是如此清洁自守、为民不谀、为官不贪,且自得其乐,这样的茶饭最干净,吃着最安心。

(摘自《读者》2021年第6期)

活个高兴

阎 红

我小时候住在单位大院,好处是,大家互相有个照应;坏处是,生活被熟人尽收眼底,免不了被人打量、比较和品评。

比如我家隔壁的李姨,经常被邻居们挂在嘴边。倒不是她有多特别,相反,她看上去非常普通,个头儿不高,皮肤微黑,头发总是乱乱地扎在脑后,衣服也都是灰色调的,骑一辆破旧的自行车来来往往,属于最容易被淹没在人海里的那一类人。正因为她如此寻常,她的生活方式,不,应该说消费方式,才让诸位高邻觉得碍眼:她看上去不像个有钱人,也不像一个大手大脚的人,为什么她花钱那么着三不着两呢?

比如她有一天下班回来,车篮子里躺着一把弯弯的金黄色水果,别说孩子们好奇,就是大人见了也问这是什么。李姨介绍说这是一种热带水果,叫香蕉,又要掰给我们尝尝。我们当时虽然年幼无知,却也知道不能轻易接受贵重物品，忙不迭地闪开了。

然后就见李姨的女儿小雨，拿着香蕉出现在门口。在一群小孩的围观下，她很奢侈地剥下香蕉外皮，细微的香甜进入我的嗅觉，之后好多年，我都觉得香蕉的香味很有高级感。

初见桂圆也是在李姨家，她分享给我一个。桂圆的味道没有多特别，但那个乌溜溜的核多好看啊，像个宝物，我觉得它应该被珍重对待。

螃蟹下来的时候，他们家就吃螃蟹，那会儿还不流行大闸蟹，就是很小的河蟹。在我奶奶看来，没有比吃这种没什么肉的河蟹更不划算的事了，她总是叹息："就是吃它一个命啊，哪抵吃肉呢？"

他们家在饮食方面的投入，引起整个大院人的诧异、窃笑与非议。我们大院里没有人这么过日子，把钱花在吃上，最后连个响声也听不到。我们大院里的人，更愿意把钱攒起来买家用电器，谁家是大院里第一个买电视机的，谁家是第一个买冰箱的，谁家是第一个买洗衣机的，全大院的人心里都有本门儿清的账。把钱花在这上面，多有面子。

李姨家没有这些电器，甚至连件像样的家具也没有。这也不完全是因为李姨败家，她丈夫也不是个过日子的人。

她丈夫被我们喊作张叔，在我们大院的男人里，也是个非典型。印象中他是个电工，大人们说他的收入还可以，他却不给李姨一分钱家用。张叔弄点钱，就去街上小饭店里叫俩凉菜，喝个小酒，能拎一包卤菜回家，就算他有心了。李姨对此不管不问，一家三口同框时，还是一派其乐融融的景象。

这样两个人，自然过得家徒四壁，大人们提起来都摇头，觉得他们的日子太失控。我们小孩，却一直有点羡慕小雨。

我们都上小学之后，小雨成绩一般，我的成绩也一般，但我爸妈明显比李姨着急多了。尤其是暑假刚开始那几天,大家坐在巷口那户人家的竹榻上乘凉时,总有人主动谈起自家孩子的成绩,其他人一边啧啧赞叹,一边分出余暇来,含嗔带怨地瞥上自家孩子一眼。我妈还会额外加码,伸手推我一下,从那力道里,我能感觉到我妈内心的失衡。

李姨则不同,她只是笑笑,还不是强颜欢笑,是打心眼儿里不当一回事。她的这种淡然无疑令那些成绩优秀的孩子家长扫兴。李姨走后,我听到她们对她深表同情:"找个男人是那样,小孩又是这样,她这命真不好。"

之后,我们陆续搬离那个大院,我不再听到和李姨有关的消息。她的形象重新浮现于眼前,是十几年以后了。有一天,我爸说:"你知道吗?小雨现在跟她对象一块儿卖牛肉汤呢。"

我听后很吃惊,李姨怎么也是个文化人,小雨小时候就很喜欢《红楼梦》,能背下里面整套的诗词,她成绩是不好,但也不至于这样啊。我爸解释说,小雨后来上了技校,认识了一个男同学,两个人毕业后都找不到工作,正好男的家里是卖牛肉汤的,他们干脆就帮家里做生意去了。

我爸的叙述让我吃惊,倒不是我过得有多好,但小雨这是典型的"生活下降者",我觉得跟当年李姨的漫不经心有关。

我想去小雨的铺子看看,又心存顾忌,怕小雨介意发小看到她的"落魄"。

又过了几年,我爸对我说:"你可知道,小雨家的牛肉汤已经风靡全城了。连外地人都大老远地开车过来,只为喝她家一碗牛肉汤。她开了好几家连锁店了。"

换一种思路,小雨这一路,持有的应该是一种如李姨那般随性的态度。"行到水穷处,坐看云起时。"当年李姨的消费方式,正是王维这两句诗的具体体现。

相对于其他人总是把钱花在"让别人羡慕"的地方,她总是将钱花在

"让自己高兴"的地方，比如那些香蕉和桂圆，比如和谐自在不紧绷的家庭氛围。她只用自己的感官去体验，对他人的评论没有预期，便也没了贫穷感——在饱暖之后，穷与富，就不完全和金钱相关，更多的是一种心理感受。

我曾见年入数百万的人，被贫穷感一路追击，张皇失措，不知所往；也有李姨这样的人，心安理得，怡然自足，谈不上富有，但绝不贫穷。她是结结实实地"把钱都花在了自己身上"，别人买东买西，她只买一个"我高兴"，这才是真正幸福的消费方式。

偶尔到手的一笔钱，有人精打细算，想要买房置地做投资，积攒一份家业；有人不计算机会成本，只求活个高兴，即便千金散尽，总算是敞开高兴过，也不能说不划算。每一个人的选择，都自有其缘故，哪有什么标准答案。

（摘自《读者》2021年第17期）

老屋窗口

余秋雨

前年冬天,母亲告诉我,家乡的老屋无论如何必须卖掉了。全家兄弟姐妹中,我是最反对卖屋的一个,为着一种说不清的理由。

而母亲的理由说得令人无可辩驳:"几十年没人住,再不卖就要坍了。你对老屋有情分,索性这次就去住几天吧,跟它告个别。"

我家老屋是一栋两层的楼房,在贫瘠的山村中,它像一座城堡般矗立着,十分显眼。全村人几乎都姓余,既有余氏祖堂也有余氏祠堂,但是最能代表余氏家族荣耀的,是这座楼。这次我家这么多兄弟姐妹一起回去,每人都可以宽宽敞敞地住一间。我住的是我出生和长大的那一间,在楼上,母亲前一天就雇人打扫得一尘不染。

人的记忆真是奇特。好几十年过去了,这间屋子的一切细枝末节竟然都还贮积在我脑海的最深处,再见到它,连每一缕木纹、每一块污斑都能严丝合缝地对上。我痴痴地环视一周，又伸出双手沿墙壁抚摩过去，就像抚摩着自己的灵魂。

终于，我摸到了窗台。这是我的眼睛，我最初就是从这儿开始打量世界。母亲怜惜地看着成日趴在窗边的儿子，下决心卸去沉重的窗板，换上两页推拉玻璃。玻璃是托人从县城买来的，路上碎了两次，装的时候又碎了一次，到第四次才装上。从此，这间屋子和我的眼睛一起明亮。窗外是茅舍、田野，不远处便是连绵的群山。

于是，童年的岁月便是无穷无尽的对山的遐想。跨山有一条隐隐约约的路，常见农夫挑着柴担在那里走动。山那边是什么呢？是集市？是大海？是庙台？是戏台？是神仙和鬼怪的所在？直到今天我也没有到山那边去过，我不会去，去了就会破碎整整一个童年。

我只是记住了山脊的每一个起伏，如果让我闭上眼睛随意画一条曲线，画出的很可能是这条山脊起伏线。对我而言，这是生命的第一曲线。

这天晚上我睡得很早。天很冷，乡间没有电灯，四周安静得怪异，只能睡。一床刚刚缝好的新棉被是从同村族亲那里借来的，已经晒了一天太阳，我一头钻进新棉花和阳光的香气里，几乎要融化了。或许会做一个关于童年的梦吧？可是什么梦也没有，一觉睡去，直到明亮的光逼得我把眼睛睁开。

怎么会这么明亮呢？我眯着眼睛向窗外看去，入眼竟是一排银亮的雪岭，昨天晚上下了一夜大雪，下在我无梦的沉睡中，下在岁月的沟壑间，下得如此充分，如此透彻。

一个陡起的记忆猛地闯入脑海。也是躺在被窝里，正两眼直勾勾地看着银亮的雪岭。母亲催我起床上学，我推说冷，多赖了一会儿。母亲无奈，陪着我看窗外。"喏，你看！"她突然用手指了一下。

顺着母亲的手看去，雪岭顶上，晃动着一个红点。一天一地都是一片洁白，这个红点便显得分外耀眼。这是河英，我的同班同学，她住在山那头，翻山上学来了。那年我才6岁，她比我大10岁，同上着小学二年级。她头上扎着一方长长的红头巾，那是学校的老师给她的。

这么一个女孩子一大清早就要翻过雪山来上学，家长和老师都不放心，后来有一位女教师出了主意，叫她扎上这方红头巾。女教师说："只要你翻过山顶，我就可以凭着红头巾看到你。"河英的母亲说："这主意好，上山时归我看。"

于是，这个河英上一趟学好气派，刚刚在那头山坡摆脱妈妈的目光，便投入这头山坡老师的注视。每个冬天的清早，她就化作雪岭上的一个红点，在两位女性的呵护下，像朝圣一样走向学校。

这件事，远近几个山村的人都知道。我母亲就每天期待着这个红点，作为催我起床的理由。这红点成了我们学校上课的预备铃声。只要河英一爬上山顶，山这边有孩子的家庭就忙碌开了。

十五六岁在当时的山乡，已是女孩应该结婚的年龄。早在一年前，家里已为河英安排了婚事。举行婚礼的前一天，新娘子找不到了，两天后，在我们教室的窗口，躲躲闪闪地伸出了一个漂亮姑娘蓬头散发的脸。她怎么也不肯离开，要女教师收下她干杂活。女教师走过来，一手抚着她的肩头，一手轻轻地捋起她的头发……霎时，两双同样明净的眼睛静静相对。女教师眼波一闪，说了声"跟我走"，便拉起她的手走向办公室。

我们的小学设在一座废弃的尼姑庵里。几个不知从哪里来的美貌女教师，看着都像大户人家的小姐，都有逃婚的嫌疑。点名的时候，她们一般都只叫我们的名字，把姓省略掉，因为全班学生绝大多数都是一个姓。只有坐在我旁边的米根是个例外，姓陈，他家是从外地迁来的。

那天河英从办公室出来时,她和几个女教师的眼圈都是红红的。当天傍晚放学后,女教师们锁了校门,一个不剩地领着河英翻过山去,去与她的父母亲商量。第二天,河英就坐进了我们教室,成了班级里第二个不姓余的学生。

这件事何以办得这样爽利,直到我长大后还经常感到疑惑。新娘子逃婚在山村可是一件大事,如果已成事实,家长势必还要承担"赖婚"的责任。河英的父母怎么会让自己的女儿如此干脆地斩断前姻来上学呢?我想,根本原因在于几位女教师的奇异出现。

山村的农民一辈子也难得见到一个读书人,更无法想象一个女人能识文断字。我母亲因抗日战争从上海逃难到乡下,乡人发现她竟能坐在家里看一本本线装书和洋装书,还能帮他们写书信、查契约时,都将这些视为奇事。好多年后,母亲出门时还会有很多人指指点点、交头接耳,吓得她只好成天躲在"城堡"里。

那天晚上,这么多女教师一起来到山那边的河英家,一定把她父母震慑住了。这些完全来自另一世界的雅洁女子,柔声细气地说着他们根本反驳不了的陌生言辞。她们居然说,把河英交给她们,过不了几年也能变得像她们这样!河英的父母亲只知抹凳煮茶,频频点头,完全乱了分寸,最后,燃起火把,将女教师们送过了山岭。

据说,那天夜里,与河英父母一起送女教师过山的乡亲很多,连原本该是河英"婆家"的也在,长长的火把阵接成了一条火龙。

只有举行盛大的庙会,才会出现这种景象。

河英是我们学校的第一个女生。她进校之后,陆续又有一些女孩子进来,教室里满满的,很像一个班级了。

女教师常常到县城去,观摩正规小学的教学,顺便向县里申请一点经费。她们每次回来，总要在学校里搞点新花样，后来，竟然开起了学生运动会。

当然没有运动衣，教师要求学生都穿短裤和汗衫来参加。那几天，家家的孩子都在缠逼自己的母亲缝制土布短裤衫。这也变成一种事先的舆论，等到开运动会的那一天，小操场的短围墙外面便早早地挤满了观看的乡亲。

学生们排队出来了，最引人注目的是河英。她已是一个大姑娘，运动衫裤是她自己照着画报上女运动员的照片缝制的，深蓝色的土布衣衫裁得很窄，绷得很紧，她的身材一下子显得更加颀长，线条流畅而柔韧。

我记得她走出操场前，几次在女教师跟前忸怩退缩，不断伸拉着自己的短裤，像要把它拉长。最后，几个女教师一把将她推出了门外。门外，立即卷起乡亲们的一片怪叫，怪叫过后一片喊嚓，喊嚓过后一片寂静。河英终于把头昂起，开始跨栏、滚翻、投篮。

这一天，整个运动会的中心是她，其他稚气未脱的孩子的跳跳蹦蹦，都引不起太多的注意。河英背后，站着一排女教师，她们都穿着从县城买来的长袖运动衣，脖子上挂着哨子，满脸鼓励，满脸笑容；再背后，是尼姑庵斑驳的门庭。这里，重叠着三重景象。

这次运动会的后果是灾难性的。从此，经常可以听到妇女这样骂女儿："你去浪吧，与河英一样！"好几个女孩子退学了，男孩子也经不起家长的再三叮嘱，不再与河英一起玩，一起走路。村里一位相当于族长的老人还找到女教师，希望让河英退学，说余氏家族很难看惯这样的学生。

我母亲听说这事后，怔怔地出了半天神，最后要我去邀请河英来家里玩。那次河英来玩了之后，母亲特意牵着我的手，笑吟吟地把她送到村口。村民们都惊讶极了，因为母亲平日送客，历来只送到大门。

这以后，河英对我像对亲弟弟一样。我本来就与我的邻座陈米根要好，于是我们三个人老在一起玩，放学后一起到我家做作业，坐在玻璃窗前，由我母亲辅导。母亲笑着对我说："你们姓余的可不能这么霸道，这儿四个人就有四个姓！"

今天，我躺在被窝里，透过玻璃窗死死盯着远处的雪岭，总想在那里找到什么。过了好久好久，什么也没有，没有红点，也没有褐点和灰点。

起床后，我与母亲谈起河英，母亲也还记得她，说："可以找米根打听一下，听说他开了一爿小店。"

陈米根这位几十年前的好朋友本来就是我要拜访的，那天上午，我踏雪找到了他的小店，就在小学隔壁。两个人第一眼就互相认出来了，他极其热情，寒暄过一阵后，从一个木箱里拿出两块芝麻饼塞在我手里，又沏出一杯茶来放在柜台上。店堂里没有椅子，我们就站着说话。

他突然笑得有点奇怪，凑上嘴来说："还是告诉你吧，反正最后也瞒不住，这次买你家房子的正是我的儿子。我不出面，是怕伯母在价格上为难。说来见笑，我那时到你家温习功课，就看中了你家的房子。伯母也真是，几十年前就安上了玻璃窗！据说装了四次？"

将这个话题谈下去实在有点艰难，我只好客气地打断他，打听河英的下落。他说："亏得你还记得她。山里女人，就那个样子了，成天干粗活，又生了一大堆孩子，孩子结婚后她与儿媳妇们合不来，分开过。成了老太婆了，我前年进山看到她，她连我的名字都忘了。"

就这样，三言两语，就把童年时代最要好的两个朋友都交割清了。

离开小店，才走几步就看到了我们的校门。放寒假了，校园里阒寂无人，我独自绕围墙走了一圈便匆匆离开。回家告诉母亲，我明天就想回去了。母亲忧伤地说："你这一回去，再也不会来了。没房了，从此余家这一脉的后代真要浪迹天涯了。"

第二天一早，我依然躺在被窝里凝视着雪岭。那个消失的红点，突然变得那么遥远，那么抽象，却又那么震撼人心。难道，这红点竟是倏忽而过的哈雷彗星？

迷迷糊糊地，心中浮现出一位早就浪迹天涯的余姓诗人写哈雷彗星的几句诗：

你永远奔驰在轮回的悲剧，

一路扬着朝圣的长旗。

（摘自《读者》2021年第20期）

只要月亮还在天上

张　炜

人这一辈子需要不时地被犒赏，为了多些欢乐，就得好好过节。

我家没有比外祖母更懂这个道理的人了，所以她最重视节日，只要是节日就不肯放过，一定要把它过得像模像样。

好东西吃也吃不完。外祖母说："吃不完就是一年不挨饿，日子再苦，中秋节也要好好过。"她对这一天的重视，似乎超过了任何一天，到了晚上，大家都要高兴，都不能讲生气的话。

这天晚上不能提爸爸。

我一直忍住，尽管特别想念。我相信她们也是一样。如果提到爸爸，大家就没法高兴了。

他们那一伙工友要不停地凿山，再好的月亮也顾不得看一眼。可怜的爸爸。

一年中秋节，已经到了半夜，大月亮看着我们，还不打算离开。我们更舍不得离开这么好的月亮、这么好的夜晚。但不管怎样，最后还是要睡觉。我们躺在炕上，透过窗户看着月亮，一直到瞌睡上来。看着月亮想心事，想啊，想啊，就睡着了。

正睡着，梦到有人来敲我们的门，"咚咚、咚咚"，越敲越响。外祖母"呼"地一下坐起。

我终于听清了，这不是做梦，而是真的有人敲门。我和外祖母从炕上跳下来时，妈妈已经起来了，先一步打开了屋门。一个细高个儿进来了。我一眼认出是爸爸。

"啊，爸爸！"我跳起来，两脚还没有落地，他就把我接住了。

爸爸的头发上落满了月光，白灿灿的。我忍不住伸出手摸了一下，又用力搓了两下，那月光还是留在他的头发上。

爸爸来得太突然了，出乎所有人的意料，所以大家都高兴坏了，都惊住了。妈妈和外祖母过了三四分钟才醒过神，齐声问："你怎么回来了？"爸爸语气十分平静地回答："回家过节。"我看到妈妈脸上流下了两道泪水。外祖母没说什么，转身到黑暗里忙起了什么。

我心里一阵难过：我们如果早一点知道爸爸会赶回来多好。可怜的爸爸，没能和我们一起过节。太可惜了，今晚的事会让我们难过一辈子。

正这样想着，外祖母已经点亮了灯，走过来说："来，咱们重新过节。"妈妈一下醒悟过来，赶紧和外祖母一起忙活：大圆木桌被再次抬到院子里，一个个碟子、钵子全端出来了，特别是酒瓶和杯子，它们一样不少地全摆在了桌上。

现在已经过了半夜，月亮已经歪到西边。不过月色还是很亮，空中没有一丝云彩。一只小鸟在不远处叫了一声，有什么动物在附近的树上跳跃。

啊，我们要接着过节。

我会永远记住这个中秋之夜，记住爸爸讲的事情。

在我们这里，除了春节，就数中秋节最隆重了，一般出远门的人都要在这两个节日赶回来，与家人团聚。可是爸爸一年里只有两个假期，每次不超过三天。

他是一路跑回来的，只用了一天多一点的时间，就走完了两天的路程。他一路上叮嘱自己的只有一句话："只要月亮还在天上，就不算晚！"

外祖母背过身去。妈妈也在抹眼睛。我抬头看着天空：啊，月亮还在，爸爸真的追上了它。

（摘自《读者》2021年第14期）

姥姥和季羡林是同学

倪 萍

前些年,季老的散文集、杂文集刚上市那会儿,我们买了几套,没事就念给姥姥听。

虽说是大学问家,可书里的国事、家事都写得那么入情入理,不矫情不做作,大白话里透着深刻的人生哲理,这样的文章姥姥爱听,有些段落我反复给姥姥念。日子久了,姥姥常会打听这个老头儿的一些事儿,我也一遍一遍地把我知道的、听说的、从书上看到的跟她细说。

慢慢地,爱翻书的姥姥手里又多了几本季老的书。有一天回家,我看见姥姥正手捧一本季老的杂文,戴着老花镜端坐在落地窗前的竹沙发上,口中念念有词。我们都笑了。生人要是初次见到这场面,一定以为姥姥是一位做学问的教授呢。

姥姥不识字,却崇尚文化。在姥姥的秤上,字的分量最重,书最值钱,多贵的书姥姥都说值。

"二十几块钱能买个啥？买个吃的一会儿就吃完了，买本书吃一辈子。好的书可以让下一辈儿接着吃，上算。"

姥姥说买季老的书更上算："人家书上说的都是咱家也有的事，遇上解不开的疙瘩，看看人家季老头儿是怎么说的。"

也不知从哪天起，姥姥在季老后面加上了"头儿"，于是季羡林就变成姥姥嘴里的季老头儿了。日子久了，我们也跟着姥姥叫"季老头儿"，好像季老是我们村一个普通的老头儿，全家都叫得那么顺嘴。

姥姥看季老头儿的书多半是看书里的照片，整天看、反复看。

我表妹说："别看了，再看就看上人家了。"

姥姥也不客气："这季老头儿年轻的时候可是个不磕碜（丑）的人。"姥姥指着季老留学德国时那张穿西装的照片，那时的季老确实很精神、很帅气。

我逗姥姥："你看上人家，人家还看不上你呢。人家多大的学问，人家会好几种语言，你就会写个自己的名儿。"

姥姥不无忧伤地无数次感叹："俺是没遇上好社会、好家庭，没摊上个明白的爹妈（姥姥的哥哥、弟弟都念书了），要不我怎么也得念念书、上上学，弄不好我还是季老头儿的同学呢！"

我们几个后辈哈哈大笑，姥姥自个儿也笑出了眼泪。

一个九十多岁的老人，身上的血水已经没有多少了，这珍贵的泪水饱含了姥姥怎样的渴望和遗憾，只有我明白。"姥姥，你不是常说一个人一个命，一个家一个活法吗？咱别和人家比。在我的眼里，你没上过学也照样是文化人，我相信，你就是季老头儿的同学。"

我急于安抚姥姥那颗痛楚的心，极力保护姥姥那份美好的渴望。从此，我们称姥姥为刘鸿卿同志,是季羡林同志的同班同学。

姥姥心里一定是为自己没读书纠结了一辈子啊。

我也劝她:"读书其实也是挺苦的一件事,书念多了,痛苦也就多了。"

姥姥说:"书念得多的人比别人多活了好几辈子。念了书就算不出门也哪儿都去得了。两条腿再能走,这一辈子能走多远?认了字看了书想上哪儿跟着书走就行了。"

"哎,姥姥,你没念过书怎么那么了解读书人啊?"

"咱还不会看吗?俺那地儿没念过书的那些人,岁数一大就像傻子一样;你们这儿的人,那些电视上的干部,多大的岁数都精精神神的,人家肚子里有东西啊!再说了,有苦也不是坏事,苦多了甜就出来了。你吃一块儿桃酥试试,又甜又香,你再吃一斤试试?你就想找块咸菜往嘴里塞。孩子,别怕苦,苦的兄弟就叫甜!"

姥姥没念过课本,可一直在念生活中的书。

姥姥和季老同是山东人,年龄相差三岁,都差点儿活到一百岁。然而他们走的人生之路完全不同,日子也过得千差万别。

有一年去南开大学参加校庆,我在那儿遇上了季老。回来我跟姥姥说:"今天碰见你同学了啊!"姥姥一听就知道我说的是季老,因为姥姥在这个世界上只有这么一个"同学"。

我说:"季老也挺可怜的。这么大岁数的一个老头儿,这么冷的天,里外穿了四件毛衣。不好看不说,关键是多不得劲呀!有的毛衣磨得只剩下线了。四件毛衣的袖子套在一块儿,胳膊都不能打弯儿,季老站在主席台上,胳膊伸着像个稻草人。况且,也不暖和呀!老头儿脸冻得煞白。又不是没钱,买个丝棉袄宽宽松松地穿上又暖和又舒服。"

转天姥姥就叫我去买块藏蓝色丝绸,再买一斤二两蚕丝棉,她要给他同学做件棉袄。

这回我没逗她，立刻就去了当时的友谊商店，又跑了元隆绸布店，把姥姥要的东西买齐了。只一个星期，姥姥就把棉袄赶制出来，拽断最后一根线，我就给季老送去了。那天我还带了我们山东的水疙瘩咸菜和姥姥蒸的全麦馒头，都是季老最爱吃的。

在堆满厚书的小屋子里，季老吃着馒头、咸菜，穿着老乡给他做的丝绵袄，频频点头。我相信老人家激动了，我也有些心酸。多么大的名人，多么大的学者，日子不也就这样吗？我想起姥姥常说的一句话："不想遭罪的人得遭一辈子罪，想遭罪的人遭半辈子罪就行了。"季老年轻时就奋斗，奋斗了一辈子不也没享多少福吗？福到底是什么？

我回来问姥姥。

"这么个过法对他可不是遭罪，人家这就是享福。对季老头儿来说，不写书、不看书就是遭罪，守着书睡觉比守着钱睡觉享福。他爱吃咸菜可不是想遭罪。"

姥姥以她的针线给大文化人缝着丝棉袄，我相信姥姥是快乐的、得意的。已经多少年不做针线活儿的姥姥手戴顶针，穿针引线依然是那么娴熟。

姥姥对季老的关心还是源于我。

写出《日子》的时候，季老曾开我的玩笑："人家倪萍现在也是作家了。"我真是脸红，《日子》不过是一堆废话，季老竟说他也要一本。

我心里还是想送去的，问姥姥："这合适吗？和季老的书比，咱这是真正意义上的小书啊。"

姥姥说："要书不丢人，给书也不丢人。没听说哪个大人不让小孩子说话的，有时候小孩子能说出一堆大人的话。"

姥姥和我都清楚，季老写的是大书，我写的是小书。我硬着头皮给季老送去了一本《日子》。

后来，有一年季老回山东老家官庄给他母亲上坟，我带摄制组跟机采访，顺便把三岁的儿子也带上了——读好书，交高人嘛。

我们是坐火车去的，一路上季老都看着窗外，偶尔看看车厢里的人，逗逗孩子，话不多却很温情。你如果不认识他，一定以为这是个地道的乡下老头儿。

家，实际上已经没有了。父母不在了，兄弟不在了，儿孙也不在，回家看谁？可季老依然那么急切地往家奔。

我一路也在盼着。

离县城只有三十公里的官庄是个挺大的村子，村里有五百多户人家。有电视的人家不到一半儿，大部分还是黑白电视，于是我就被很多老乡误认为县里来的干部。

八月六日是季老的生日，那天清晨我们摄制组是和太阳一起走进官庄的，我们想赶在季老回官庄给父母上坟之前拍拍官庄。一进官庄，我们就知道来迟了，因为官庄那天家家户户都起得很早，六点多钟许多好热闹的小孩子、妇女已经聚集在街头。村庄的街道被人们打扫得一尘不染，虽然是土路、土房子，可会让人觉得这是乡亲们用乡情为季老铺下的一块块最松软、最好的地毯。我被感动了。

更让人感动的是，村里许多人不知道季羡林是多么了不起的人，更不知道他如今是什么身份，他对国家有什么贡献，他们只知道他是官庄人。上午八点季老回家了，"家"里有上千人在村口等着他，季老不停地握着每个人的手，嘴里说着什么。

季老带着从芝加哥回来的孙子季泓在坟前长跪不起。他和官庄最普通的百姓一样，给爹妈摆上了点心、水果，还有鸡鸭鱼肉。如果二位老人泉下有知，一定会感到十分安慰——他们唯一的儿子，在九十岁时还能回来看望父母。

回到北京，我们把季老请到台里的演播厅，做了一期谈话节目《聊天》。季老很少上电视，那时候电视上谈话节目也很少，季老给足我面子，我们说了很多小事、家事。

我读过很多遍季老的散文《永久的悔》，每次读，都有一种痛的感觉。

我们山东有句老话，说"儿子长得特别像妈"，所以我问季老："您长得像母亲吗？"

没想到，季老说："不知道，我母亲什么样子我记不清了。"

"一张照片都没有？"

"没有，穷得连饭都吃不上，哪还有照片？"

"我在母亲身边只待到六岁，现在回忆起来，连母亲的面影都是迷离模糊的。特别有一点，我无论如何也回忆不起母亲的笑容，她好像一辈子都没有笑过。家境贫困，儿子远离，她受尽了苦难，笑容从何而来？"

在节目现场，我们特意请来濮存昕朗诵了一段季老的《永久的悔》。朗诵结束，所有人都被深深地感染了。我当时真想告诉已经长眠在官庄的季老的母亲，她穷尽一生恐怕也无法想象，自己养育了一个多么了不起的孩子。从这个意义上说，她是一位伟大的母亲。

看了这期节目后，姥姥说："人哪，该干啥的就得去干啥，季老头儿会写书不会说话，坐那儿像要睡着了。"

季老说他母亲长什么样儿他都记不清了，模模糊糊记得，六岁他离开家去济南那天，母亲是倚在门框上的，日后母亲留在他记忆中的永远是这个画面。他这一走就再也没回过这个家，再也没见着母亲，直到回来为母亲奔丧！

他说见到母亲的棺材停在门厅的那一瞬间，他恨不能一头撞死在棺材上随母亲而去。如果还有来世，他情愿不读书、不留学、不当教授，就待在母亲身旁娶个媳妇、生些孩子、种些田地。悔呀！

那几日姥姥长吁短叹。我问姥姥，如果你是季老的母亲，你有这么一个儿子，你是送他出去读书，还是留他在身边种地？

姥姥脱口而出："送出去呀！天下有两个妈，一个是大妈，一个是小妈。孩子也有两个，干大事的孩子、干小事的孩子。季老头儿的妈是个大妈，孩子也是个干大事的孩子，必定要送出去。"

姥姥说的大是伟大，伟大的母亲用更远大的母爱把孩子舍出去为天下做事，不管情愿不情愿，不管自己有多苦。

（摘自《读者》2021年第21期）

记忆中的那碗汤圆

毕飞宇

我不记得是什么时候了,总之,那一天我得到了一碗汤圆。但我们乡下人要土气一些,把汤圆叫作"圆子"。我的碗里一共有4个圆子,后来,有几个大人又给了我一些,我把它们吃光了。以我当时的年纪,我的母亲认为,我吃下去的数量远远超出了我的实际能力,所以,她不停地重复,她的儿子"爱吃圆子""他吃了8个"。后来,大家都知道了,我自己也知道了,我爱吃圆子,一顿可以吃8个。

我相信吃酒席大致也是这样。如果你在某一场酒席上喝了一斤酒,人们就会记住,还会不停地传播:某某某能喝,有一斤的量。记忆都有局限,记忆都有它偏心的选择——人们能记住你与酒的关系,却时常会忽略你与马桶的关系。

直到现在,我都快五十了,我的母亲仍认定她的儿子"爱吃圆子"。

其实我不喜欢。在那样一个年代,在"吃"这个问题上,爱和不爱是一个根本不存在的问题,首要的问题是"有"。在"有"的时候,一个孩子只有一个态度,或者说一个行为:能吃就吃。这句话还可以说得更露骨一点:逮住一顿是一顿。

我还想告诉我的母亲,其实那一次我吃伤了。很抱歉,"吃伤了"是一件很让人难为情的事,可我会原谅自己。在那样的年代,有机会的话,我相信所有的孩子都会吃伤。

我为什么至今还记得那碗汤圆呢?倒不是因为我"吃伤了",首要的原因是汤圆属于"好吃的"。吃好吃的,在当时这样的机会并不多。我的父亲有一句口头禅,说的就是"好吃"与"记忆"的关系:饿狗记得千年屎。那碗汤圆离我才40多年,960年之后我也未必能够忘记。

"好吃的"有什么可说的吗?有。

我们村有一个很特殊的风俗,在日子比较富裕的时候,如果哪一家做了"好吃的",关起门来独享是一件十分不得体的事情,是要被人瞧不起的。我这么说也许有人要质疑:你不说你们家做了"好吃的",人家怎么会知道呢?这么说的人一定没有过过苦日子。我要告诉大家,人的嗅觉是十分神奇的,在你营养不良的时候,你的基因会变异,你的嗅觉会变得和狗的嗅觉一样灵敏。这么说吧,你家在村东,如果你家的锅里烧了红烧肉,村子西边的鼻子会因为你们家的炉火而亢奋——除非你生吃。

所以,乡下人永远都不会去烧单纯的红烧肉,他们只会做青菜烧肉、萝卜烧肉、芋头烧肉,一做就是满满的一大锅。为什么要这么做呢?要送。左边的邻居家送一碗,右边的邻居家送一碗,三舅妈家送一碗,陈先生(我母亲)家送一碗。因为有青菜、萝卜和芋头垫底,好办了,肉就成了一点"意思",点缀在最上头。

我们乡下人就是这样的，也自私，也狠毒，但是，因为风俗，大家都有一种思维上的惯性：自己有一点儿好的马上就会想起别人。它是普遍的，常态的。这些别人当然也包括我们这家外来户。

柴可夫斯基有一首名曲，叫《如歌的行板》。它脱胎于一首西亚的民歌，作者不详。这首歌我引用过好几次了，我还是忍不住，决定再一次引用它。它是这么唱的：

　　瓦尼亚将身坐在沙发，

　　酒瓶酒杯手中拿。

　　他还没有倒满半杯酒，

　　就叫人去喊卡契卡。

这首歌的旋律我很早就熟悉了，但是，第一次读到歌词是在1987年的冬天。那一年，我大学毕业，一个人在宿舍。读到最后一句的时候，几乎没有过渡，我的眼泪夺眶而出。我不需要回忆，不需要。往事历历在目。在我的村庄，在那样一个艰难的时刻，伟大而温润的中国乡村传统依然没有泯灭，它在困厄里流淌、延续：每一个乡亲都是瓦尼亚，每一个乡亲都是卡契卡。我就是卡契卡，可我还没有来得及做瓦尼亚，就离开了我的村庄。这是我欠下的。

很可惜，在我还没有离开乡村的时候，这个风俗已经出现了衰败的态势，最终彻底没落了。

风俗和法律没有关系，可我愿意这样解释风俗和法律的关系——风俗是最为亲切的法律，而法律则是最为彪悍的风俗。

风俗在一头，法律在另一头。一个时代或一个民族的好和坏不是从一头开始的。好，从两头开始好；坏，也是从两头开始坏。在任何时候，好风俗的丧失都是一件危险的事，这不是我危言耸听。

分享，多么芬芳的一个东西，它到哪里去了呢？

"一块给狗的骨头不是慈善，一块与狗分享的骨头才是慈善。"

这句话是杰克·伦敦说的。我读到这句话的时候正上大学二年级，在扬州师范学院的图书馆里。这句话至今还像骨头一样生长在我的肉里。杰克·伦敦揭示了分享的本质，分享源于慈善，体现为慈善。

我要感谢杰克·伦敦，他在我的青年时代给我送来了最为重要的一个词：分享。此时此刻，我愿意与所有的朋友分享这个词：分享。这个词可以让一个男孩迅速地成长为一个男人——他曾经梦想着独自抱着一根甘蔗，从清晨啃到黄昏。

如果有一天，即便我的身体里只剩下最后一根骨头，这一根骨头也足以支撑起我的人生。这不是因为我高尚，不是，我远远没有那么高尚。但是，因为有太多太多的人和我分享过他们的骨头，我自然有分享的愿望。"愿望"有它的逻辑性和传递性，愿望就是动作——父亲抱过我，我就喜欢抱儿子。儿子也许不愿意抱我，可这没有什么可以抱怨的，因为他的怀里将是我的孙子。是的，所谓的世世代代，就是这么一回事。

我很高兴地注意到一个现象，"分享"这个词的使用率正在上升。我渴望着有那么一天，"分享"终于成为汉语世界里使用率最高的一个词，而"分享"也真的成为我们切实可感的"民风"。

（摘自《读者》2020年第1期）

最好的月色我也曾看过

叶圣陶

住在上海"弄堂房子"里的人对于月亮的圆缺隐现是不甚关心的。

所谓"天井",不到一丈见方的面。至少16支光(编者注:16瓦)的电灯每间屋里总得挂一盏。环境限定,不容你有关心月亮的便利。走到路上,还没"断黑",已经一连串地亮起了街灯。有月亮吧,就像多了一盏灯。没有月亮,犹如一盏街灯损坏了,没有亮起来。谁留意这些呢?

去年夏大,我曾经说过不大能听到蝉声,现在说起月亮,我又觉得许久未看见月亮了。只记得某夜夜半醒来,对窗的收音机已经沉寂,隔壁的麻将也歇了手,各家的电灯都已熄灭,一道象牙色的光从南窗透进来,把窗棂印在我的被袱上。

我略微感到惊异,随即想到原来是月亮光。好奇地要看看月亮本身,我向窗外望。但是,一会儿月亮就被云遮没了。

从北平来的人往往说在上海这地方怎么待得住。一切都这样紧张。走出去很难得看见树木，诸如此类，他们可以举出一大堆。

我想，月亮仿佛失掉了这一点，也该被列入他们在上海待不住的理由吧。假若如此，我倒并不同意。在生活的诸般条件里列入必须看月亮一项，那是没有理由的。清旷的襟怀和高远的想象力未必只能由对月而养成。把仰望的双眼移到地面，同样可以收到修养上的效益，而且更见切实。可是我并非反对看月亮，只是说即使不看也没有什么关系罢了。

最好的月色我也曾看过。那时是在福州的乡下，地处闽江一折的那个角上。某夜，靠着楼栏直望。闽江正在上潮，受着月光，成为水银的洪流。江岸诸山略微笼罩着雾气，好像不是平日看惯的那几座山了。

月亮高高停在天空，非常舒泰的样子。从江岸直到我的楼下是一大片沙坪，月光照着，茫然一片白，但带点儿青的意味。不知什么地方送来晚香玉的香气。也许是月亮的香气吧，我这么想。我心中不起任何杂念，大约历一刻钟之久，才回转身来。看见蛎粉墙上印着我的身影，我于是重又意识到了我。

那样的月色如果能得幸再看几回，自然是愉悦的事，虽然前面我说过"即使不看也没有什么关系"。

（摘自《读者》2020年第20期）

拣尽寒枝不肯栖

韩美林

一

我每年都开着大篷车带上我的学生下厂、下乡，几十年如一日，从不间断。

十年前的一次万里行，我们走了三万公里，从北京出发，途经九个省市（北京、河北、山西、陕西、河南、山东、江苏、浙江、江西）。当从山西行进到陕西横山县一处黄土高坡时，我们不约而同地嚷着停车——我们看到下面一群男女老少顶着七月的骄阳，坐在洼地上看戏……

红红绿绿的"舞台"上正演着《霸王别姬》，那条紫色灯芯绒做的条幅上有几个黄色大字"横山县艺术剧团"。寒酸的横标没精打采地耷拉着，天太热了。

我们走了过去，看到坐在土里的老乡。这里很少下雨，不论是人、车，还是毛驴，走起来都是"一溜烟儿"。

那个舞台还叫舞台吗？薄薄的一层土上铺着一些高粱秆，演员在台上深一脚浅一脚，上来下去，可真难为他们了。我看到三伏天里，"霸王""虞姬"穿的都是露胳肢窝的戏装，可这并没有影响他们认真执着的演出。

我看了兵败如山倒的霸王退到乌江边以及虞姬自刎的那一场戏。本来秦腔的做派、唱腔就有一股豪中有悲、气吞山河之势。霸王一上场"哇呀呀"一声吼，见到虞姬，三步并作两步弯腰将她托起，仰天长啸，吼着那绝望的、触及灵魂的秦腔。他抓住虞姬的乌丝往嘴里一叼，左腿一抬，金鸡独立……我顿时感到一股英雄气概，没想到"力拔山兮气盖世"的楚霸王也有这样落魄的一天！但见他把头一扭，大吼一声向前冲去，自刎于滚滚乌江边，千古英雄就这么与美人同归于尽……

我见到过各个剧种的霸王与虞姬永诀的艺术处理，都没有他们处理得那么悲怆。在这小小的山洼里，我竟找到创作的源泉，这里是现今艺术家还未开垦的处女地，即便我有八张嘴也讲不完对这几千年丰富文化积淀的感受。

演出结束后，我们赶紧去了"后台"。我看到化着简单妆容的"演员"，千金不卖的破烂戏服和没了盖的道具箱。我拉着"霸王"，对他说："我们是来学习的……"

你听，陕北的"三哥哥""四妹子"为了表达思念，他们唱道："心想着你，喝油也不长肉……"为了表达归家的急迫心情，他们唱道："不大大的小青马多给它喂上二升料，让它三天的路程两天到……"这些歌词是多么生动、多么有灵性啊！

三十多年前,艺术家经常下去"采风",我深深感念三十多年前艺术家创作的歌曲:"九里里山疙瘩十里里沟,一行行青杨一排排柳,毛驴驴结帮柳林下过,花布的驮子晃悠悠……九里里山疙瘩十里里沟,一座座水库,像一洼洼油,羊羔羔叼着野花在大坝上逗,绿坝绣上了白绣球……"

这些艺术家在创作上,都是高手。因为,他们没有离开人民,没有离开这块生养他们的土壤,这就是中华民族,这就是中华文化。

我们下去是旅游吗?不是。是走马观花、搞炒作吗?更不是。我所见到的一切——草滩、高原、羊群、马嘶、枯井、涩水、姑娘、小伙、佝偻,以及喜、怒、哀、乐、酸、甜、苦、辣、看、画、聊、做、讲、捏、剪……还有锣鼓、戏曲、民歌、舞蹈、岩画、土陶、剪纸……这些终将颠覆我的认知,重新激发我的创作灵感。

二

在西北的一些贫困山区,即使一滴发黑的水,也是当地人的命。那里的小学生、老教师、老黄牛、小毛驴,他(它)们是一个相依为命的群体。为了水,孩子们放下功课,去四五十里地以外的黄河边拉水。

这个"长征"队伍艰难地向前挪动着脚步。天空中万里无云,路旁的羊、牛、驴,空中的小鸟紧紧地跟在这个拉水的"长征"队伍后面,就是为了抢一点点水喝……

这由人、鸟、羊、牛、驴组成的队伍,有着说不出的壮观——这不是求亲送嫁,而是追求那一滴活命水!

让我们的艺术家来感受一下吧!这里是现实的生活,是活生生的娃儿、牛儿、鸟儿、羊儿……但绝不是那些装腔作势的"啊,那晴空里飞翔的鸟儿……""啊，那迎风摇曳的花儿……"

心灵的升华，一定来自生活、来自现实，这里所讲的不仅仅是艺术，它同时带动了人生境界、生活视角、人生选择等方面的飞跃。

三

我为什么要下厂、下乡，要和老乡们一起捏、一起画、一起唱、一起舞、一起聊、一起哭？因为我和他们的关系已经不可分割。我所有的创作没有悲伤、没有倾诉，和中华民族一样，再受伤害、再遭洗劫，仍然屹立在21世纪，而且是那样朝气蓬勃地走在世界的最前列。

在西北风吹、黄沙漫舞里成长起来的人，无论环境有多艰苦，照活；无论黑黝黝的粑粑有多难咽，照唱；无论日子有多穷，照剪、照捏、照写、照画……那黄河大锣鼓，惊天动地；炕头上老奶奶手巧得用什么话也夸不够她……

我心想，我跟着中国大地上的"陕北老奶奶"是没错的。她们的后方是长城、黄河、长江、喜马拉雅山，那里屹立着千古不灭的龙门、云冈、贺兰山、黑山、沧源、石寨山、良渚、安阳、莫高窟……我是"中国的儿子"。

（摘自《读者》2018年第16期）

何以解忧，最好独游
余光中

旅行的目的不一，有的颇为严肃，是为了增长见闻、恢宏胸襟，简直是教育的延长。各国的学校多会组织毕业旅行，游山玩水的意味甚于文化的巡礼，游迹也不可能太远。

从前英国的大学生在毕业之后常去南欧，尤其是去意大利"壮游"（grand tour）。出身剑桥的弥尔顿、格瑞、拜伦莫不如此。拜伦一直旅行到小亚细亚，以当时说来，游踪够远的了。孔子适周，问礼于老子。司马迁二十岁"南游江、淮，上会稽，探禹穴，窥九嶷，浮于沅、湘；北涉汶、泗，讲业齐、鲁之都，观孔子之遗风……"，也是一程具有文化意义的壮游。苏辙认为司马迁文有奇气，得之于游历，所以他自己也要"求天下奇闻壮观，以知天地之广大。过秦、汉之故都，恣观终南、嵩、华之高，北顾黄河之奔流，慨然想见古之豪杰"。

值得注意的是，苏辙自言对高山的观赏，是"恣观"。恣，正是尽情的意思。中国人面对大自然，确乎尽情尽兴，甚至在贬官远谪之际，仍能像柳宗元那样"自肆于山水间"。徐文长不得志，也"恣情山水，走齐、鲁、燕、赵之地，穷览朔漠"。恣也好，肆也好，都说明游览的尽情。柳宗元初登西山，流连忘返以至昏暮，"心凝形释，与万化冥合"。游兴到了这个地步，也真可以忘忧了。

并不是所有的智者都喜欢旅行。康德曾经畅论地理和人类学，但是终生没有离开过哥尼斯堡。每天下午三点半，他都穿着灰色衣服，曳着手杖，出门去散步，却不能说是旅行。崇拜他的晚辈叔本华，也每天下午散步两小时，风雨无阻，但是走来走去只在菩提树掩映的街上，这么走了二十七年，也没有走出法兰克福。另一位哲人培根，所持的却是传统贵族观点，他说："旅行补足少年的教育，增长老年的经验。"

但是许多人旅行只是为了乐趣，为了逍遥容与。中国人说"流水不腐"，西方人说"滚石无苔"，都是强调动的作用。最浪漫的该是小说家史蒂文森了。他在《驴背行》里宣称："至于我，旅行的目的并不是要去哪里，只是为了前进。我是为旅行而旅行。最要紧的是不要停下来。"在《浪子吟》里他说得更加洒脱："我只要头上有天，脚下有路。"至于旅行的方式，当然不一而足。有良伴同行诚然是一大快事，不过这种人太难求了。就算能找到，财力和体力也要相当，又要同时有暇，何况路远人疲，日子一久，就算是两个圣人恐怕也难以相忍。倒是尊卑有序的主仆或者师徒一同上路，像堂吉诃德与桑丘或《西游记》里的关系，比较容易持久。也难怪潘耒要说"群游不久"。西方的作家也主张独游。吉卜林认为独游才走得快，杰弗逊也认为独游好，因为可以思索更多。

独游有双重好处。第一是绝无拘束，一切可以按自己的兴趣去做，只要忍受一点寂寞,便能换来莫大的自由。当然一切问题也都要自己去解决,正可训练独立自主的精神。独游最大的考验,还在于一个人能不能做自己的伴侣。在废话连篇、假话不休的世界里,能偶然免于对话的负担,确是一件好事。一个爱思考的人应该乐于独处。我在美国长途驾驶的日子,浩荡的景物在窗外变换,繁复的遐想在心中起伏,如此内外交感、虚实相应,从灰晓一直驰到黄昏,只觉应接不暇,绝少觉得无聊。

独游的另一种好处,是能够深入异乡。群游的人等于把自己和世界隔开,中间隔着的正是自己的游伴。游伴愈多,愈看不清周围的世界。彼此之间若要维持最起码的礼貌和间歇发作的对话,就已经不很清闲了。有一次我和一位作家乘火车南下,做联席演讲,一路上我们维持着马拉松对话,已经舌敝唇焦。演讲既毕,回到旅舍,免不了又效古人连床夜话,几乎通宵。回程的车上总不能相对无语啊,当然是继续交谈了,不,继续交锋。到台北时已经元气不济,觉得真可以三缄其口,三年不言,保持黄金一般的沉默。

如果你不幸陷入一个旅行团,那你跟异国的风景和人民之间,就永远阻隔着这几十个游客,就像穿着雨衣淋浴一般。要体会异乡异国的生活,最好是一个人赤裸裸地全面投入,就像跳水那样。把美景和名胜用导游的巧舌包装停当,送到一群武装着摄影机的游客面前,这不算旅行,只能叫作"罐头观光"(canned sight seeing)。布尔斯丁说得好:"以前的旅人(traveler)采取主动,会努力去找人,去冒险,去阅历。现在的游客(tourist)却安于被动,只等着趣事落在他的头上,这种人只要观光。"

古人旅行虽然备尝舟车辛苦,可是山一程又水一程,不但深入民间,也深入自然。就算是骑马,对髀肉当然要苦些,却也看得比较真切。像陆游那样"细雨骑驴入剑门",比起半靠在飞机的座位里凌空越过剑门,总有意思得多。大凡交通方式愈原始，关山行旅的风尘之感就愈强烈，旅人的成就感就愈高。三十五年前我随母亲从香港迁去台湾，乘的是轮船，风浪里行驶了两天两夜，才眺见基隆浮在水上。现在飞去台湾，只是上下飞机而已，一点跋涉感都没有，要坐船，也坐不成了。所以我旅行时，只要能乘火车，就不乘飞机。要是能自己驾车，当然更好。阿拉伯的劳伦斯喜欢骑着电单车高速驰骋，他认为汽车冥顽不灵，只应在风雨里乘坐。有些豪气的青年骑着单车远征异国，也不全为省钱，而是为了更深入、更从容，用自己的筋骨去体验世界之大、道路之长。这种青年要是想做我的女婿，我当会优先考虑。

旅人把习惯之茧咬破，飞到外面的世界去，大大小小的烦恼，一股脑儿都留在自己的城里。习惯造成的厌倦感，令人迟钝。一过海关，这种苔藓附身一般的感觉就摆脱了。旅行不但是空间之变，也是时间之变。一上了旅途，日常生活的秩序全乱了，其实，旅人并没有"日常"生活。也因为如此，我们旅行的时候，常常会忘记今天是星期几，而遗忘时间也就是忘忧。何况不同的国度有不同的时间，你已经不用原来的时间了，怎么还会受制于原来的现实呢？

旅行的前夕，会逐渐预感出发的兴奋，现有的烦恼似乎较易忍受。刚回家的几天，抚弄着带回来的纪念品像抚弄战利品，翻阅着冲洗出来的照片像检阅得意的战绩，血液里似乎还流着旅途的动感。回忆起来，连钱包遭窃或是误掉班机都成了趣事。听人阔谈旅途的趣事，跟听人追述艳遇一样，尽管听的人隔靴搔痒，半信半疑之余，勉力维持礼貌的笑容，可是说的人总是眉飞色舞，再三交代细节，仍意犹未尽。旅行前后的心情都受到相当愉快的波动，几乎说得上是精神上的换血，可以解忧。

当然，再长的旅途也会把行人带回家来，靴底黏着远方的尘土。世界上一切的桥，一切的路，无论有多少左转右弯，最后总是回到自己的门口。然则出门旅行，也不过像醉酒一样，解忧的时效终归有限，而宿醒醒来，是同样的惘惘。

（摘自《读者》2020年第24期）

我们有时间变老

毛 尖

"二战"前夕,贝克特路遇一个流浪汉,流浪汉向他要钱,他没给,流浪汉为此打伤了贝克特。后来,贝克特去监狱看这个流浪汉,问他为何动手,流浪汉就回了一句:"我不知道。"

我不知道是不是这个流浪汉启发了贝克特,但显然,"流浪汉"和"不知道"构成了《等待戈多》的关键词。1958年,该剧在美国上演时,导演问贝克特:"这个戈多到底代表什么?"他亦回了一句:"我不知道。"接着解释说,"我要是知道,早在戏里说出来了。"

大学一年级,当我第一次读《等待戈多》的时候,贝克特还活着,但已经是他人生的最后一个年头。英文老师看我读贝克特,很是鼓励,说了一句:"戈多是个谜。"冲着老师这句话,我奋力地看了很多相关评论,自认为对此剧的荒诞本质还是有较深的体悟。

可是，2014年11月16日，我坐在安福路的话剧艺术中心，看爱尔兰圣拉扎剧团为上海当代戏剧节带来的《等待戈多》，25年前读此剧时所感受到的全部荒诞，却莫名其妙地变成一种感动。戈戈和狄狄的关系，在当年的所有评论中，都被诠释为"人和人彼此隔绝又冷漠的状态"，但是，舞台上的这两个流浪汉，胖胖的戈戈和瘦瘦的狄狄，虽然依旧茫然、浑浑噩噩地等待着戈多，可他们在一起的时候，不仅不冷漠，还很有爱。

寒风中，戈戈睡着了，狄狄把自己的外套脱下来披在戈戈身上，他自己在瑟瑟秋风中活动手脚取暖。熬不住，他弄醒了戈戈，对他说："我觉得孤独。"戈戈告诉他："我做了个梦。"那一刻，他们像站在天堂门口的两个贫穷的孩子，虽然穷得连上吊的绳子都没有，但同时也懵懂得连上吊都不需要理由。幕落前，戈戈解下他的裤带再次设法上吊，但裤子过于肥大，一下子掉到齐膝盖的地方。他圆圆的肚子和大腿暴露在舞台上，戈戈自己丝毫没有惊慌，观众也丝毫没有惊慌，他孩子般纯洁地面对着观众。裤带太脆没法上吊，狄狄让戈戈拉起裤子，幕落。

整出戏中，戈戈显得任性一点，狄狄理性一点，每次戈戈要离开，狄狄就提醒他："我们在等待戈多呢。"在漫长而无聊的等待过程中，他们遇到了全人类的代表波卓和幸运儿。波卓和幸运儿彼此奴役，波卓霸道地讲哲理，幸运儿机械地讲废话。而在第二幕登场时，波卓瞎了，幸运儿哑了，哲理也好，废话也好，全都黯然退场。戈戈和狄狄又回到无涯且抽象的时空，回到第一幕的开头：乡间一条路，一棵树。在无休止的等待中，他们似乎又一穷二白地进入周而复始的荒诞境地。

且慢，第一幕里的枯树，在第二幕中长出了四五片树叶。而且，当狄狄再次弄醒睡着了的戈戈时，他说："我梦见我很快乐。"在戈戈和狄狄忘记戈多的时候，两个流浪汉之间，有着动人的感情。因此，一点儿也不奇怪，今天会有读者在戈戈和狄狄的关系中，看到爱情。比如，狄狄对戈戈说："整整一天，我的精神一直很好。"戈戈于是哀怨道："你瞧，我不在你身边你反倒更好。有我在你身边，你的心情就差多啦。"狄狄问："那你干吗还回来？"戈戈说："我不知道。"戈戈说有人欺负他。狄狄说："要是我在，绝不会让他们揍你。"

接着，狄狄追问："他们干吗揍你？"戈戈说："我不知道。"在整出戏中，出现了无数个"我不知道"，戈戈说的次数尤其多。所以，以往的评论，认为这个老是把"我不知道"挂在嘴边的戈戈是"一个不由自主的人""一个异化世界里的异化人"。但是，大半个世纪过去，这个"我不知道"已经褪去异化的外衣，成为我们进入世界的第一道口令。我不知道何去何从。我不知道为什么爱她。我不知道为什么不爱他。我不知道。我不知道。

说出"我不知道"的时候，其实我们已经不需要知道了。这就像岁月流逝，今天我们看《等待戈多》，没有人再追问戈多是谁，当年的荒诞，已经被岁月的魔法变成了抒情。这本身是更大的荒诞，还是一次治愈？我不知道。这个"戈多"隔着时间的荒原，从谜面变成了谜底。

但这还不是我看爱尔兰剧团的演出时最大的感受。整场戏最出彩的人物，其实不是戈戈，不是狄狄，也不是波卓，而是幸运儿。戏中的幸运儿，没有几处地方有台词，但他爆发时刻那冗长而激越的长篇发言赢得了全场观众的敬意。在那一刻，他用废话征服了观众，然后他戛然而止，退回到卑贱者的位置，退回到历史深处。1952年，当贝克特写下《等待戈多》时，所有人都觉得"幸运儿"这个人物，名字就是他命运的反讽。但是，今天，舞台上的这个"幸运儿"获得了全场观众的最高敬意，散场时，大家都在谈论幸运儿。60多年过去了，幸运儿获得了自己的幸运。

也在那一刻，我突然觉得，历史的转折正在悄然发生。今天，站在诺贝尔奖领奖台上的，不再是描写人类主人公的贝克特，而是莫迪亚诺，专事描写主人公身边的、阴影中的小人物的莫迪亚诺。

时光荏苒，我们把目光投向和雪莱一起溺水而死的年轻船夫，投向和我们自己一样的普通人。狄狄在思考自己和戈戈的生存状态时，说过一句话："我们有时间变老。空气里充满了我们的喊声。"在原剧中，这句话充满了悲剧意味，但是，今天重新来说这句台词，也可以很抒情。

我们有时间变老，然后像幸运儿一样，获得历史的注视。

（摘自《读者》2019年第7期）

舍得，舍不得
蒋 勋

我有两方印，印石很普通，是黄褐色寿山石。两方都是长方形，一样大小。一方刻"舍得"，一方刻"舍不得"。

当初这样设计，大概是因为有许多舍不得吧——许多东西舍不得，许多地方舍不得，许多时间舍不得，许多人舍不得。有时候也厌烦自己有这么多舍不得，过了中年，读一读佛经，知道一切难舍，最终还是都要舍得；即使多么舍不得，最终还是留不住，所以一定要舍得。

刻印的时候，我还在大学任教，给美术系大一开了一门课教篆刻。篆刻课有许多作业——临摹印谱、学习古篆字、刀法。因此学生会借此机会，替我刻一些闲章。刻印的学生叫阿内，替我刻这两方印时，阿内大一，师大附中美术班毕业，素描底子极好。

在创作领域久了，知道人人都想表现自我，生怕不被看见。但是艺术创作，其实更像修行，要能够安静下来，专注于面前一个小物件，忘了别人，或连自己都忘了，大概只有这样，才能拥有修行艺术的缘分吧。

当时阿内18岁，偶然临摹泰山《金刚经》石刻，字体朴拙安静，不露锋芒，不沾烟火，在那一年的系展里拿了书法首奖。评审以为他勤练书法，我却知道，还是因为他专注安静，不计较门派书体，不夸张自我，横平竖直，规矩谦逊，因此能大方宽阔，清明而没有杂念。

艺术创作，关键在于人的品质。没有人品，只计较技术表现，夸张喧哗，距离美就还远。孔子说"士先器识，而后文艺"，就是这个意思吧。

阿内学篆刻，有他自己的趣味。他像凝视一朵花一样，专注在字里，一撇一捺，像花蕊婉转，刀锋游走于虚空，浑然忘我。

他对篆刻有了一点心得，说要给我刻闲章。我刚好有两方一样大小的平常印石，也刚好在想舍得、舍不得的矛盾两难，觉得许多事都在舍得、舍不得之间，就说，好吧，刻两方印，一方"舍得"，阳朱文；一方"舍不得"，用阴文、白文。我心想，"舍得"如果是实，"舍不得"就存于虚空吧，虚实之间，还是有很多相互的牵连纠缠吧。

这两方印刻好了，有阿内作品一贯的安静、知足和喜悦，他很喜欢，我也很喜欢。

以后书画引首，我常用"舍得"这一方印。"舍不得"却没有用过一次。有些朋友注意到了，就询问我，怎么只用"舍得"，不用"舍不得"？我回答不出来，自己也纳闷。

阿内后来专攻金属工艺，毕业作品是大型铜雕地景，锤打锻敲过的铜片，组织成像蛹、像蚕茧，又像远古生物化石遗骸的造型，攀爬蛰伏在山丘旷野、草地石砾中，使人想起生之艰难，也想起死之艰难。大学毕业后，阿内在旧金山成立了工作室，专心创作。2012年，他忽然打电话告诉我，说他入选了美国国家画廊甄选的"40 under 40"——美国境内40位年龄在40岁以下的艺术家，要在华盛顿国家画廊展出作品。阿内很开心，觉得默默做自己的事，不需要张扬，不需要填麻烦的表格申请，总会被有心人注意到。

我听了有点伤感，我问："阿内，你快40岁了吗？"啊，我记得的还是那个18岁蹲在校园的树下画一个蝉蛹素描的青年。所以也许我们只能跟自己说"舍得"吧！

我们如此眷恋，放不了手。青春岁月，欢爱温暖，许许多多舍不得，原来，都必须舍得；舍不得，终究只是妄想而已。

无论甘心或不甘心，无论多么舍不得，我们最终都要学会舍得。

（摘自《读者》2016年第12期）

燃烧的蜡烛
肖复兴

疫情暴发后,我一直闭门在家,看书成为打发时间的最好方法。断断续续,一直在读《布罗茨基谈话录》和以赛亚·伯林的《个人印象》。两本书中,都有关于诗人阿赫玛托娃的篇章。对这位"俄罗斯诗歌的月亮",两位作者都充满了深厚的感情。

其中,布罗茨基回忆起这样一件事:1965年2月15日,阿赫玛托娃寄给他两支蜡烛。那时,布罗茨基25岁,阿赫玛托娃对他这样一个年轻诗人非常赏识,并一直给予关怀和鼓励。在《个人印象》中,以赛亚·伯林记录了阿赫玛托娃和自己的对话。她说:"我们是以20世纪的声音说话,这些新的诗人谱写新的篇章。""他们会让我们这一帮人黯然失色。"这里所说的"这些新的诗人"和"他们"中,首先包括布罗茨基。这时,布罗茨基正被流放,在偏远的荒野之地收到两支蜡烛,心情可以想象。

更何况，这是两支什么样的蜡烛啊。布罗茨基回忆：这两支蜡烛"来自锡拉库扎，极其美好——它们在西方制造：透明的蜡烛，阿基米德式的……"

我无法想象透明的蜡烛是什么样子，尤其是燃烧的时候，通红的火焰升腾在透明的蜡烛上的样子。因为我见过的蜡烛都是白色或红色的，从来没见过透明的。我也不知道阿基米德式的蜡烛是什么样子的，只知道锡拉库扎是意大利西西里岛上的一座古城，来自那里的两支古典式的蜡烛，无疑是珍贵礼物。对于正在受难的布罗茨基，其珍贵不仅在于感情的古典，同时，也在于燃烧的蜡烛给予他光明的希望。

对于中国人，蜡烛有芯和竹子有节一样，成为感情和气节的古老象征；或西窗剪烛，表达一种情感与期待。

蜡烛，在阿赫玛托娃那里，也曾经是诗的一种意象。记得在《安魂曲》中，她写过这样的诗行：蜡烛在我的窗台上燃烧，因为悲痛，没有其他理由。

这是只有阿赫玛托娃和布罗茨基那一代人才有的记忆。蜡烛，便不止于诗的意象，更成为生命中的雪泥鸿爪，一个时代抹不去的印迹。蜡烛无语而沧桑，燃烧着一代人的悲痛，这种诗歌，便具有了史诗的意味。

事过经年，关于这两支蜡烛的细节，晚年的布罗茨基记忆犹新。往事重忆，旧诗新读，别有一番滋味。尤其在武汉封城一月有余的日子里，读这样的诗句，让我不由得想起武汉城中那些来自全国各地、救死扶伤的医护人员，还有那守望互助的满城百姓，特别是想起那些为救灾而献身的医护人员，那些因病毒入侵而逝去的人，更是痛彻心扉。"因为悲痛，没有其他理由"，燃烧的蜡烛，似燃烧着我们共同的心。

夜静心不静，我写下一首打油诗，以抒读后之感："闭户锁门伤岁华，读诗阿赫玛托娃。春风不解江边疫,冷雨犹开纸上花。樱树花前月空落,安魂曲后夜哀筇。一联蜡烛悲痛在,垂泪替人多少家。"

(摘自《读者》2020年第11期)

读书与美丽

严歌苓

我有一位朋友叫庄信正,是位著名的翻译家、学者。他说过这样一段话:"俗话说,上有天堂,下有苏杭。但对我来说,我宁愿把这句话改为'上有天堂,下有书房。'"他说在年少时他就想到:反正谁也不知道天堂是什么样子,不如就把它想象成一间书房。

我读到这些话时,为他的纯真以及与我不谋而合的价值观会心地笑了。我心里对这位忘年友人涌出一股深深的感激。因为在这个价值观更加多元的年代,我的生活仍是独自写作与读书。有时面对周围忙得昏天黑地、不读书却也十分充实的人,我也不免发出落伍的叹息。而庄先生这一席话,使我认识到,我还是有伴儿的,并没有落伍得那样彻底。

在易卜生的《培尔·金特》中,有个叫索尔薇格的少女,培尔·金特在想念她时,总是想到她手持一本用手绢包着的《圣经》的形象。在米兰·昆德拉的《不能承受的生命之轻》中，特蕾莎留给托马斯的印象，是她手里拿着一本《安娜·卡列尼娜》。这两位女性之所以在男主人公培尔·金特和托马斯心里获得了特殊的位置，是因为她们的书所赋予她们的一层象征意义。我的理解便是读书使她们产生了一种情调，这情调是独立于她们物质形象之外而存在的美丽。作家们都没有用笔墨来描写这两位女性的容貌，但从他们赋予她们的特定动作——持书，我们能清楚地看到她们美丽的气韵，那是抽象的、象征化了的，因而是超越了具体形态的美丽。这种美丽不会被衣着和化妆强化或弱化，不会被衰老所剥夺。这并不是说，任何一个女性，只要手里揣本书，就会变成索尔薇格或特蕾莎。书在不爱读书的人手里，只是个道具。重要的是，读书这项精神功课，对人潜移默化的感染，使人从世俗的渴望（金钱、物质、外在的美丽等等）中解脱出来，之后便产生了一种美丽的存在。

我感到自己的幸运——能在阳光明媚的下午，躺在乳白色的皮沙发上读书，能在读到绝妙的句子时，一蹦而起，在橡木地板上踱步。好的文章如同好的餐食，是难以消化的，所以得回味、反刍，才能汲取其中的营养。

女人总有告别自己美丽外貌的时候。不甘告别的，如某些反复整容的明星，就变成了滑稽的角色。随着时光推移，滑稽没有了，成了"人定胜天"的当代美容技艺的实验残局，一个绝望地要超越自然局限的丑角。这个例证或许给了我们一点启示：漂亮和美丽是两回事。一双不漂亮的眼睛可以有明丽的眼神；一副不完美的身躯可以有好看的仪态。这都在于个人灵魂的丰富和坦荡。美化灵魂或许有不少途径，但我想，阅读是其中最易实现的、不昂贵也不需要求助他人的捷径。

（摘自《读者》2016年第12期）

遍地应答
韩少功

打开院子的后门，从一棵挂满红叶的老树下穿过，就可以下水游泳了。

风平浪静之时，湖面不再是水波的拼凑，而是一块巨大的整体镜面，让人不知如何是好。你在水这边敲一敲，水那边似乎也会震动；你在水这边挠一挠，水那边似乎也会发痒。若是有一条小船压过来，压得水平线撑不住，镜面就可能倾斜甚至翘起——这种担心一度让我紧张。

在这个时候下水难免有些踌躇，有些心怯。扑通一声，令宝贵的镜面破碎，实为一大暴行。好在碎片经过一阵揉挤，一阵折叠，一阵摇荡，只要泳者不动，待倒影从层层褶皱中逐一释放，渐次舒展和平复，湖面又会成为平滑的极目一镜。

在通向山外的公路修通之前，这里有很多机船，每天接送出行的农民，还有挑担的，骑脚踏车的，以及活猪活牛。眼下客船少了，只有几只小渔船偶尔出现。船家大多是傍晚下网，清晨收网，手摇船桨轻点着水面，静悄悄地来，又静悄悄地去，留下冷清和落寞的湖面，一如思绪突然消失的大脑。

水边常有两样"静物"，是垂钓的老人和少年。据说老人身患绝症，活不了多久了。但他一心把最后的时光留在水边，留给自己的倒影。少年呢，中学生模样，总在黄昏时出现。他也许是特别喜欢吃鱼，也许是惦记着母亲特别喜欢吃鱼，也许不过是要用这种方式来积攒自己的学费。谁知道呢？

阵雨扑来时，雨点敲打着水面，打出满湖的水芽，打出升腾的水雾，模糊了水平线。如果雨点敲醒了水面的花粉，水上就冒出一大片水泡，冷不丁看去，像光溜溜的背脊上突然长满疖子。

几只野鸭惶惶地叫着，大概被这事儿吓着了，很快钻入草丛。

不远处，一条横越水峡的电线上，有个黑物突然直端端砸下，激起水花四溅。我以为有什么东西坠落，过了片刻才发现，那不是坠物，而是一只鸟突然垂直俯冲，捕获了什么以后，带水的翅膀扑棱扑棱，又旋回高高的天空，在阳光中播下一串闪闪的水珠。我不知道这种鸟的名字，只记住了它一身蓝绿相杂的迷彩。

还有一只白鹭在水面上低飞，飞累了，先大翅一扬，再稳稳地落在岸石上，让人想起优雅的贵妇，先把大白裙子一提，再得体地款款入座。它一坐好半天，平视远方，纹丝不动，恍若一尊玉雕。但如果发现什么情况，玉雕眨眼间就成了银箭。一声鹭鸣撒出去，树丛里就有数十只白鹭跃出，扑棱棱组成数十道白光，在青山绿水中绽放和飞掠。

它们有时候绕着我巡飞，肯定把我误认为鱼，一条比较奇怪的大鱼，大得让它们不知如何下口；小鱼也经常围着我巡游，肯定把我当成一只落水的大鸟，同样大得让它们不知如何下口。

不知是什么鱼愣头愣脑，胡乱噆咬，在我的腿上和腰上留下痒点，其中一口咬得太狠，咬在一个脚指头上，痛得我从迷糊中惊醒。我这才发现，钓鱼的"静物"已经走了，天地间全无人迹。

其实，这里还有很多人，只是我看不见罢了。想想看，这里无处不隐含着一代代逝者的残质，也无处不隐含着一代代来者的原质——物物相生的造化循环从不中断，人不过是这个过程中的短暂一环。对人来说，大自然是人的来处和去处，是万千隐者在眼下这一刻的隐形伪装之所。有人说，接近自然就是接近上帝。那么，上帝是什么？不就是不在场者的在场吗？不就是太多空无的实在吗？不就是一个独行人无端的惦念、向往以及感动吗？

就因为这一点，我在无人之地从不孤单。我大叫一声，分明还听到了回声，听到了来自水波、草木、山林、破船以及石堰的遍地应答。

寂静中有无边喧哗。

（摘自《读者》2021年第3期）

随风吹笛

林清玄

从远远的地方吹过来一股凉风。风里夹着呼呼的响声。侧耳仔细听，我确定那是笛子的声音。

什么人的笛声可以穿透广大的平野？而且天上还有雨，它还能穿过雨声，在四野里扩散。

我站的地方是一片乡下的农田，左右两面是延展到远处的稻田，我的后面是一座山，前方是一片麻竹林。音乐显然是来自麻竹林，而后曲的远方仿佛也有回响。

竹林里是不是有人家呢？小时候我觉得所有的林间，竹林是最神秘的，尤其是那些历史悠远的竹林。因为所有的树林再密，阳光总可以毫无困难地穿透，唯有竹林的密叶，有时连阳光也无能为力；再大的树林也有规则，人能在其间自由行走，唯有某些竹林是毫无规则的，有时走进其间就迷途了。因此，自幼父亲就告诉我们"逢竹林莫入"的道理，何况有的竹林中是有乱刺的，比如刺竹林。

这样想着，我本来要走进竹林的脚步又迟疑了，在稻田田埂上坐下来，独自听那一段音乐。我看天色尚早，离竹林大约有两里路，遂决定到竹林里去走一遭——我想，有音乐的地方一定是安全的。

等我站在竹林前面时，整个人被天风海雨似的音乐震慑了，它像一片乐海，波涛汹涌，声威远大，那不是人间的音乐，竹林中也没有人家。竹子本身就是乐器，风是指挥家。我研究了很久才发现，原来竹子淋过了小雨，上面有着水渍，互相摩擦便发生尖利如笛子的声音。而上面满天摇动的竹叶间隙，即使有雨，也阻不住风，发出许多细细的声音，配合着竹子的笛声。

每个人都会感动于自然的声音，譬如夏夜里的蛙虫鸣唱，春日清晨雀鸟的跃飞歌唱，甚至刮风天里滔天海浪的交响。凡是自然的声音没有不令我们赞叹的。每年到冬春之交，我在寂静的夜里听到远处的春雷乍响，心里总有一种喜悦的颤动。

我有一个朋友，偏爱蝉的歌唱。孟夏之时，他常常在山中独坐一日，为的是听蝉声。有一次他送我一卷录音带，是在花莲山中录的蝉声。送我的时候已经是冬天了，我在寒夜里放着录音带，一时万蝉齐鸣，冷漠的屋子里像是有无数的蝉在盘飞对唱，那种惊艳的美，有时不逊于在山中听蝉。

失去对自然声音的感悟的人是最可悲的，当有人说"风景美得像一幅画"时，境界便低了，因为画是静的，自然的风景是活的、动的。而除了目视，自然还提供各种声音，这种双重的组合才使自然超拔出人所能创造的境界。世上有无数艺术家，都是从自然中吸取灵感，但再好的艺术家，也无法完全捕捉自然的魂魄，因为自然是有声音、有画面的，还是活的、时刻都在变化的，这些全是艺术达不到的境界。

最重要的是，再好的艺术一定有个结局。自然是没有结局的，明白了这一点，艺术家就难免兴起"念天地之悠悠，独怆然而涕下"的寂寞之感。人能绘下《长江万里图》，令人动容，但它永远不可能如长江的真情实景那般令人感动；人能录下蝉的鸣唱，但那永远不能代替美丽的蝉在树梢唱出的动人歌声。

那一天，我在竹林里听到竹子随风吹笛，竟忘记了时间的流逝，等我走出竹林，夕阳已徘徊在山谷。雨已经停了，我却好像经过一场心灵的沐浴，把尘俗都洗去了。

我感觉到，只要有自然，人就没有自暴自弃的理由。

（摘自《读者》2021年第2期）

老　家

史铁生

　　常要在各种表格上填写籍贯，我有时候写北京，有时候写河北涿州，完全即兴。写北京，因为我生在北京、长在北京，大约死也不会死到别处去了。写涿州，则因为我从小被告知那是我的老家，我的父母及祖上若干辈人都曾在那儿生活。查词典，"籍贯"一词的解释是：祖居或个人出生的地方。我即兴填写得碰巧不错。

　　可是这个被称为"老家"的地方，我直到四十六岁那年的春天才第一次见到它。此前只是不断地听到它。从奶奶的叹息中，从父母对它的思念和恐惧中，从姥姥和一些亲戚偶尔带来的消息中，以及从对一条梦幻般的河流——拒马河——的想象之中，听到它。但我从未见过它，连照片也没有。奶奶说，曾有过几张她在老家的照片，可惜都在我懂事之前就销毁了。

四十六岁那年的春天,我亲眼证实了它的存在:我跟父亲、伯父和叔叔一起,坐了几小时汽车到了老家。涿州——我有点儿不敢这样叫它。涿州太具体、太实际,因而太陌生。而老家在我的印象中一向虚幻,更多的是一种情绪、一种声音,甚或一种光线、一种气息,与一个实际的地点相距太远。我想我不妨就叫它Z州吧,一个非地理意义的所在更适合连接起一个延续了四十六年的传说。

然而它果真是一个实实在在的地方,有残缺的城墙,有一对接近坍塌的古塔,市中心一堆蒿草丛生的黄土,据说是当年钟鼓楼的遗址,当然也有崭新的酒店、餐馆、商厦,拥挤的人群,满街的阳光、尘土和叫卖声。城区的格局与旧北京城近似,只是小些,简单些。中心大街的路口耸立着一座仿古牌楼(也许确凿是个古迹,大概因旅游事业而被修葺一新),匾额上有五个大字:天下第一州。中国的"天下第一"着实不少,这一回又不知是以什么为序。

我们几乎走遍了城中所有的街巷。父亲、伯父和叔叔一路指指点点,感慨万千:这儿是什么,那儿是什么,此一家商号过去是什么样子,彼一座宅院曾经属于一户怎样的人家,某一座寺庙当年香火如何旺盛,庙会上卖风筝,卖兔儿爷,卖莲蓬,卖糖人儿、面茶、老豆腐……庙后那条小街曾经多么僻静啊,风传有鬼魅出没,天黑了一个人不敢去走……城北的大石桥呢?哦,还在还在,倒还是老样子,小时候上学、放学他们天天都要从那桥上过,桥旁垂柳依依,桥下流水潺潺,当初可是Z州一处著名的景观啊……他们上的小学呢?在哪儿?那座大楼吗?哎,可真是今非昔比啦……我听见老家在慢慢地扩展,向着尘封的记忆深入,不断"推新出陈"。往日,像个昏睡的老人慢慢苏醒,唏嘘叹惋之间渐渐生气勃勃起来。历史因此令人怀疑。循着不同的情感,历史原来并不确定。

一路上我想，那么文学所求的真实是什么呢？历史难免是一部御制经典，文学要弥补它，所以看重的是那些沉默的心魂。历史惯以时间为序，勾画空间中的真实，艺术不满足于这样的简化，所以去看这人间戏剧深处的复杂，在被普遍所遗漏的地方去询问独具的心流。

于是我想起西川的诗：

　　我打开一本书

　　一个灵魂就苏醒

　　…………

　　我阅读一个家族的预言

　　我看到的痛苦并不比痛苦更多

　　历史仅记录少数人的丰功伟绩

　　其他人说话汇合为沉默

我的老家便是这样。Z州，一向都在沉默中。但沉默的深处悲欢俱在，无比生动。那是因为，沉默着的并不就是普遍，而独具的心流恰是被一个普遍读本简化成了沉默。

汽车缓缓行驶，接近史家旧居时，父亲、伯父和叔叔一声不响，唯睁大眼睛望着车窗外。史家的旧宅错错落落几乎铺开一条街，但都久失修整，残破不堪。"这儿是六叔家。""这儿是二姑家。""这儿是七爷爷和七奶奶的家。""那边呢？哦，五舅曾在那儿住。"简短的低语，轻得像是怕惊动了什么，以至那一座座院落也似毫无生气，一片死寂。

汽车终于停下，停在了"我们家"的门口。

但他们都不下车，只坐在车里看，看斑驳的院门，看门两边的石墩，看屋檐上摇动的枯草，看屋脊上露出的树梢……伯父首先声明他不想进去："这样看看，我说就行了。"父亲于是附和："我说也是，看看就走吧。"

我说:"大老远来了,就为看看这房檐上的草吗?"伯父和父亲执意留在汽车上,叔叔推着我进了院子。院子里没人,屋门也都锁着,两棵枣树尚未发芽,疙疙瘩瘩的枝条与屋檐碰撞发出轻响。叔叔指着两间耳房对我说:"你爸和你妈,当年就在这两间屋里结的婚。""你看见的?""当然是我看见的。那天史家的人去接你妈,我跟着去了。那时我十三四岁,你妈坐上花轿,我就跟在后头一路跑,直跑回家……"我仔细打量那两间老屋,心想,说不定,我就是从这儿进入人间的。

从那院子里出来,见父亲和伯父在街上来来回回地走,向一个个院门里望,紧张,又似抱着期待。街上没人,处处都安静得近乎怪诞。"走吗?""走吧。"虽是这样说,但他们仍四处张望。"要不就再歇会儿?""不啦,走吧。"这时候街的那边出现一个人,慢慢朝这边走。他们便都往路旁靠一靠,看着那个人,看他一步步走近,看他走过面前,又看着他一步步走远。起风了,风吹动屋檐上的荒草,吹动屋檐下的三顶白发。已经走远的那个人还在回头张望,他必是想:这几个老人站在那儿等什么?

离开Z州城,仿佛离开了一个牵魂索命的地方,父亲和伯父都似吐了一口气:想见它,又怕见它,唉,Z州啊!老家,只是为了这样的想念和这样的恐惧吗?

汽车断断续续地挨着拒马河走,气氛轻松些了。父亲说:"顺着这条河走,就到你母亲的家了。"叔叔说:"这条河也通着你奶奶家。"伯父说:"唉,你奶奶啊,一辈子就是羡慕别人能出去上学、读书。要不是你奶奶一再坚持,我们几个能上得了大学?"几个人都点头,又都沉默。似乎这老家,永远是要为它沉默的。我在《奶奶的星星》里写过,我小时候,奶奶每晚都在灯下念一本扫盲课本,总是把《国歌》一课中的"吼声"错念成"孔声"。我记得,奶奶总是羡慕母亲,说她赶上了新时代,又上过学,又能到外面去工作……拒马河在太阳下闪闪发光。他们说,这河以前要宽阔得多,水比现在深,浪也比现在大。他们说,以前这一块平原差不多都靠着这条河。他们说,那时候,在河湾水浅的地方,随时都能摸上一条大鲤鱼来。他们说,那时候这河里有的是鱼、虾、螃蟹、莲藕、鸡头米,苇子长得比人高,密不透风,端午节包粽子,米泡好了再去劈粽叶也来得及……母亲的家在Z州城外的张村。那村子真是大,汽车从村东到村西开了差不多一刻钟。拒马河从村边流过,我们挨近一座石桥停下。这情景让我想起小时候读过的书:"拒马河,靠山坡,弯弯曲曲绕村过……"父亲说:"就是这桥。"我们走上桥,父亲说:"看看吧,那就是你母亲以前住过的房子。"

高高的土坡上,一排陈旧的瓦房,围了一圈简陋的黄土矮墙,夕阳下尤其显得寂寞、黯然,甚至颓唐。那矮墙,父亲说原先没有,原先可不是这样,原先是一道青砖的围墙,原先还有一座漂亮的门楼,门前有两棵老槐树,母亲经常就坐在槐树下读书……这回我们一起走进那院子。院子里堆着柴草,堆着木料、水泥和沙子,大约这老房是想换换模样了。主人不在家,只有一群鸡"咯咯"地叫。

叔叔说:"就是这间屋。你爸就是从这儿把你妈娶走的。"

"真的?"

"问他呀。"

父亲避开我的目光,不说话,满脸通红,转身走开。我不敢再说什么。我知道那不是因为别的,而是因为不能忘记的痛苦。母亲去世十年后的那个清明节,我和妹妹曾跟随父亲一起去给母亲扫墓,但是母亲的墓已经不见,那时父亲就是这样的表情,满脸通红,一言不发,东一头西一头地疾走,满山遍野地找寻着一棵红枫树,母亲就葬在那棵树旁。我看着母亲出嫁前住的那间小屋，不由得冒出一个问题：那时候我在哪儿？那时候是不是已经注定，四十多年之后她的儿子才会来看望这间小屋，来这儿想象母亲当年出嫁的情景？1948年，母亲十九岁，未来其实都已经写好了，站在我四十六岁的地方看，母亲的一生已在那一阵喜庆的唢呐声中一字一句地写好了。不可更改。那唢呐声，沿着时间，沿着阳光和季节，一路风尘雨雪，传到今天才听出它的哀婉和苍凉。

可是，十九岁的母亲听见了什么？十九岁的新娘有着怎样的梦想？十九岁的少女走出这个院子的时候，历史与她何干？她提着婚礼服的裙裾，走出屋门，有没有再回头看看这个院落？她小心或者急切地走出这间小屋，走过这条甬道，转过这个墙角，迈过这道门槛，然后驻足，抬眼望去，她看见了什么？啊，拒马河！拒马河上绿柳如烟、雾霭飘荡，未来就藏在那一片浩渺的苍茫之中……我循着母亲出嫁的路，走出院子，走向河岸，拒马河悲喜不惊，像四十多年前一样，翻动着浪花，平稳浩荡奔其前程……我坐在河边，想着母亲曾经就在这儿玩耍，就在这儿长大，也许她就攀过那棵树，也许她就戏过那片水，也许她就躺在这片草丛中想象未来，然后，她离开了这儿，走进那座喧嚣的北京城，走进一团说不清的历史。我转动轮椅，在河边慢慢走，想着：从那个少女坐在老槐树下读书，到她的儿子终于来看望这座残破的宅院，这中间发生了多少事啊。我望着这条两端不见头的河，想：那顶花轿顺着这河岸走，锣鼓声渐渐远了，唢呐声或许伴了母亲一路，那一段漫长的时间里她是怎样的心情？一个人，离开故土，离开童年和少年的梦境，大约都是一样——顾不上别的，单被前途的神秘所吸引，在那神秘中描画幸福与浪漫……如今我常猜想母亲的感情经历。父亲憨厚老实到完全缺乏浪漫，母亲可是天生多情多梦，她有没有过另外的想法？从那绿柳如烟的河岸上走来的第一个男人，是不是父亲？在那雾霭苍茫的河岸上执意不去的最后一个男人，是不是父亲？甚至，在那绵长的唢呐声中，有没有一个立于河岸一直眺望着母亲的花轿渐行渐远的男人？还有，在随后的若干年，她对她的爱情是否满意？我所能做的唯一见证是：母亲对父亲的缺乏浪漫常常哭笑不得，甚至连声叹气，但这个男人的诚实、厚道，让她信赖终生。

母亲去世时，我坐在轮椅里连一条谋生的路还没找到，妹妹才十三岁，父亲一个人担起了这个家。二十年，这二十年母亲在天国一定什么都看见了。二十年后一切都好了，那个冬天，一夜之间，父亲就离开了我们。他仿佛终于完成了母亲的托付，终于熬过了他不能不熬的痛苦、操劳和孤独，然后急着去找母亲了——既然她在这尘世间连坟墓都没有留下。

（摘自《读者》2021年第22期）

金克木先生的"独奏"

钱文忠

第一次见面

金先生是在1948年由汤用彤先生推荐给季羡林先生,从武汉大学转入北京大学东方语言文学系的。自此以后,季、金两位先生的名字就和中国的印度学,特别是梵文、巴利文研究分不开了。我是1984年考入北京大学学习梵巴文的,当时季、金两位先生都已年近古稀,不再亲执教鞭了。季先生还担任着北大的行政领导职务,每天都到外文楼那间狭小的房间办公。金先生则似乎已经淡出江湖,很少出门了。因此,我和同学们见金先生的机会就远少于见季先生的机会。

我第一次见金先生,是在大学一年级的第二学期,奉一位同学转达的金先生命我前去的口谕,到朗润湖畔的十三公寓晋谒的。当时,我不知天高地厚,居然在东语系的一份杂志上发表了一篇洋洋洒洒近万言的论印度六派哲学的文章。不知怎么,金先生居然看到了。去了以后,在没有一本书的客厅应该也兼书房的房间里甫一落座,还没容我以后辈学生之礼请安问好,金先生就对着我这个初次见面、还不到20岁的学生,就我的烂文章,滔滔不绝地一个人讲了两个多小时。其间绝对没有一句客套或鼓励,全是"这不对""搞错了""不是这样的"。也不管我听不听得懂,教训中不时夹着英语、法语、德语,自然少不了中气十足的梵语。直到我告辞出门,金先生还一手把着门,站着讲了半个小时。最后的结束语居然是:"我快不行了,离死不远了,这恐怕是我们最后一次见面了。"

"百科学"教授

这通教训倒也没有使我对金先生敬而远之。因为,我再愚蠢也能感觉到"这不对""搞错了"的背后,是对反潮流式来学梵文的一个小孩子的浓浓关爱。后来,我和金先生见面的机会还很不少。每次都能听到一些国际学术界的最新动态,有符号学、现象学、参照系、格式塔、边际效应、数理逻辑、量子力学、天体物理、人工智能、计算机语言……这些我都只能一头雾水地傻傻听着,照例都是金先生"独奏",他似乎从来不在乎有没有和声共鸣。

他几个小时一人"独奏"后,送我到门口,照例是一手扶着门框,还要说上半小时,说自己几乎全部的重要器官都出了毛病。结束语照例是:"我快不行了,离死不远了,这恐怕是我们最后一次见面了。"我当然不会像初次见面那样多少有些信以为真了,于是连"请保重"这样的安慰客套话也懒得说，只是呵呵一笑，告辞。

我没有在金先生那里看到过什么书，除了一次，绝对就那么一次。金先生从抽屉里拿出一本比32开本还小得多的外国书来，指着自己的铅笔批注，朝我一晃，我连是什么书都没有看清楚，书就被塞进了抽屉。

慢慢地我发现，除了第一次把我叫去教训时，金先生谈的主要是和专业有关的话题，还说了一些梵语，后来的谈话全部和梵文、巴利文专业如隔霄汉，风马牛不相及，天竺之音自然也再无福当面聆听了。金先生似乎更是一个"百科学"教授。每次谈话的结果，我都是一头雾水之上再添一头雾水。金先生在我这个晚辈学生的心中越来越神秘，越来越传奇了。

梵文吟唱

课堂上是多少有点庄严的，但是同学们不时也会忍不住向任课的蒋忠新老师打听一些有关金先生的事情。蒋老师是非常严谨的，更不会议论老师。不过，被一群小孩子逼得实在过不了关，也说了一件事。他们念书的时候，主要课程由季先生、金先生分任。季先生总是抱着一大堆事先夹好小条的书来，按照计划讲课，下课铃一响就下课，绝不拖堂；金先生则是拿一支粉笔，口若悬河，对下课铃声充耳不闻，例行拖堂。

学生是调皮的，好奇心自然会延伸到想探探祖师爷的功夫到底有多高的问题上来。班上有位姓周的北京同学，是被分配到梵文专业来的，一次课上，他提出一个蒋老师似乎无法拒绝的要求：虽说梵文是死语言，但毕竟是能够说的呀，蒋老师是否应该请季先生、金先生各录一段梵文吟诵，让我们学习学习？蒋老师一口应承。下节课，蒋老师带来一盘带子。

放前先说，季先生、金先生都很忙，不宜打扰。这是一盘金先生从前录的带子，大家可以学习。带子一放，金先生的梵文吟唱如水银泻地般充满了整个教室，教室里一片寂静。我至今记得金先生的吟唱，可是至今无法描绘那种神秘、苍茫、悠扬、跌宕……带子放完，教室里仍是寂静。最早出声的是周同学，却只有两个字："音乐。"

这是我第二次，也是最后一次听到金先生的梵文吟唱。听完吟唱后，同学们都垂头丧气。我们平时练习十分困难的梵文发音时，其他专业的同学都嘲笑我们，还拜托我们不要制造噪音。我们一直认为梵文是世界上最难听的语言。现在我们明白了，为什么梵文是圣语，为什么梵文有神圣的地位。这是一种什么样的美啊，"此音只应天上有"，要怪也只有怪我们自己实在凡俗。

金先生的梵文吟唱对1984级梵文班同学学习梵文的自信心真是一次美丽却沉重的打击。大家不再抱怨什么了，梵文不仅不难听，相反她的美丽是那么撼人心魂，但是谁都明白了，这种美丽又是那么遥不可及。1984级梵文班过半数同学要求转系，就发生在这场吟诵之后不久。今天的结果是，1984级梵文班近乎全军覆没了。谁也无法，也没必要为此负责，但是我相信，金先生是预见到了的。

文化传奇

不久以后，我就到德国留学去了。一直到金先生去世，我再也没有见过他。此前，我还一直辗转听到金先生的消息。知道他一如既往地开讲，知道他一如既往地结束，心里总有一种蔚然的感觉。有一天，听一位刚见过金先生的朋友说，金先生用上电脑了，"一不留神就写上万把字"。不用那位朋友解释，我就知道这是原汁原味的金氏话语，心里更是高兴。

金先生的文章也确实越来越多，在报刊上隔三岔五地发表。思路还是那么跳跃，文字还是那么清爽，议论还是那么犀利，语调还是那么诙谐。金先生的名声也随之超越了学术界，他几乎成为一个公众人物了。大家喜欢他的散文随笔，喜欢他的文化评论，其实也就是一句话，被他字里行间的智慧迷倒了。智慧总是和神秘联系在一起的，金先生也就渐渐成了一个文化传奇。

在公众眼里，一个学者的名声超越了学术界，有了不少传奇如影相随，那么此人浑身上下散发出来的全是智慧，似乎也就和学术没有什么关联，至少不必费心去考量他的学术了。

在夜深人静寂然独坐的时候，脑海中都会无来由地涌出一些飘飘忽忽却勾人魂魄的问号，我的心就陡然一紧。看看窗外，夜也更深了。

（摘自《读者》2016年第14期）

一生"诗舟"播美,百岁仍是少年

史竞男

北大畅春园,每至深夜,总有一盏灯亮起。那盏灯,属于翻译家许渊冲。它陪伴着他,在一个又一个黑夜,徜徉于唐诗宋词和莎士比亚的世界;它更陪伴着他,以笔为桨撑起生命之舟,涉渡时光之海……

2021年4月18日,许渊冲先生迎来了自己的100岁生日。

择一事

这位能够在古典与现代文学中纵横驰骋,在中、英、法文的世界里自由穿越的大师,并非天生。许渊冲说,他年少时是讨厌英文的,连字母都说不清楚,把w念成"打泼了油",把x念成"吓得要死",把sons(儿子)注音为"孙子"……谁知到了高二,他背熟30篇英文短文后,忽然开了窍，成绩一下子跃居全班第二。彼时，他的表叔、著名翻译家熊式一用英文写的剧本《王宝钏》和《西厢记》在欧美上演引起轰动，得到著名剧作家萧伯纳的高度评价，名声大噪，更被少年许渊冲视为偶像。

各种机缘巧合，冥冥中为成长之路伏下草蛇灰线。

1938年，17岁的许渊冲以优异成绩考入西南联大外文系，"从赣江的清水走向昆明的白云"。

"一年级我跟杨振宁同班，英文课也同班，教我们英文的是叶公超。他是钱锺书的老师，也是我的老师。还有吴宓，当时都很厉害。"

在这里，他与杨振宁、李政道、朱光亚同窗，听冯友兰、金岳霖讲哲学，朱自清、朱光潜讲散文，沈从文讲小说，闻一多讲诗词，曹禺讲戏剧，叶公超、钱锺书讲英文，吴宓讲欧洲文学史……在这里，他遇到莎士比亚、歌德、司汤达、普希金、果戈理、屠格涅夫、托尔斯泰、陀思妥耶夫斯基……"可以说是把我领进世界文学的大门了。"

他的翻译处女作诞生于大一。那时，在钱锺书的英文课上，他喜欢上一位女同学，为表达心意，便翻译了林徽因悼念徐志摩的小诗《别丢掉》："一样是月明／一样是隔山灯火／满天的星／只有人不见／梦似的挂起……"送出去却"石沉大海"。直到50年后，他获得翻译大奖，引起当年那位女同学关注，致信给他，才又忆起往事。"你看，失败也有失败的美。人生的最大乐趣，就是创造美、发现美。"他翻译每一句话，都追求比别人好，甚至比原文更好，"这个乐趣很大！这个乐趣是别人夺不走的，是自己的"。

浪漫情怀为他打开翻译世界的大门，而真正走上翻译之路的决定性时刻，出现于他在联大的第三年。

1941年，美国派出"飞虎队"援助中国对日作战，需要大批英文翻译。

许渊冲和三十几个同学一起报了名。在纪念孙中山先生诞辰七十五周年的外宾招待会上，当有人提到"三民主义"时，翻译一时卡住，不知所措。有人译成"Nationality, people's sovereignty, people's livelihood"，外宾听得莫名其妙。这时，许渊冲举起手，脱口而出："Of the people, by the people, for the people！"简明又巧妙，外宾纷纷点头微笑。

小试锋芒后，他被分配到机要秘书室，负责将军事情报译成英文，送给陈纳德大队长。出色的表现，让他得到一枚镀金的"飞虎章"，也获得梅贻琦校长的表扬。

在当年的日记中，年仅20岁的许渊冲写下："大约翻译真是我的优势，我应该做创造美的工作了。"

自此，择一事，终一生。

专一业

"'To be or not to be，你说说该怎么翻？"许渊冲很喜欢问人这个问题。

"生存还是毁灭……"多数人会这样回答，毕竟朱生豪的这句译文已成经典。

"错！生存还是毁灭是国家民族的事情，哈姆雷特当时想的是他自己的处境，是他要不要活下去的问题！"每当听到这样的回答，他都会激动起来，一双大手在空中挥舞。

在翻译界，许渊冲大名鼎鼎、德高望重，但也争议不少。他绰号"许大炮"，不仅人长得高大、嗓门大，也好辩论、爱"开炮"。

于学术，他是"少数派"。他坚持文学翻译是"三美""三之"的艺术，要追求"意美、音美和形美"，使读者"知之、好之、乐之"。他总想通过"再创作"来"胜过原作",更将追求美、创造美视为毕生目标。而认为翻译应忠实于原文的人,指责许渊冲的译文与原文不符,"已经不是翻译,而是创作了"。对此,他毫不避讳,甚至将自己的译文比作"不忠实的美人"。

他经历过无数次笔墨相伐,但欣赏他、支持他的人也不在少数。钱锺书对他颇为赏识,常以书信与他展开探讨,钱在信中提到两种方法:一种是无色玻璃翻译法,一种是有色玻璃翻译法。前者会得罪诗,后者会得罪译。两难相权择其轻,钱锺书宁愿得罪诗。而许渊冲认为求真是低标准,求美是高标准。"为了更美,没有什么清规戒律是不可打破的。"他说,"在不歪曲作者意思的情况下,翻译一定要把一个民族文化的味道、精髓、灵魂体现出来。只有坚持中国文化的美感,才能让中国文化走向世界。"也许,这就是他执着于意译的理由——让世界看到中国文化之美。

遇一人

许先生家里除了书,摆放最多的是与夫人照君的合影。夫人2018年去世,人们只能从照片中一睹他们伉俪情深。

虽然会写诗,更会译情诗,但如同那封"石沉大海"的信,许渊冲的感情生活一直波澜不惊。他追求过好几位心仪的女同学,"都落空了"。"联大男同学远远多于女同学,男女比例是10∶1,即使女同学全嫁给男同学,也有九成男同学找不到对象。"他这样安慰自己。

1959年除夕,38岁的许渊冲在北京欧美同学会的舞会上遇见了年轻美丽的照君,二人一见钟情,携手走进婚姻,相濡以沫60年。她不仅是妻子,也是许先生的生活助理、学术秘书,更是他的忠实粉丝——一路追随,永远崇拜。

这种爱,被纪录片《我的时代和我》用镜头捕捉下来。

"老伴儿,咱们什么时候开饭合适?"

"打完(字)就开饭。"

"打完大约还需要多长时间?"

"大约5点钟吧!还有一个钟头。"

他坐在电脑前,头也不抬。她在一旁轻声低语,搓着双手。画面一转,时钟滴答作响,已经快7点了。那年,她85岁。这样的等待与陪伴,早已是家常便饭。

他们一起走过风风雨雨。"文革"中他挨批斗,屁股被鞭子抽成"紫茄子",她找来救生圈,吹起来给他当座椅;他骨折入院,嚷嚷"我要出院!我还有很多工作没做",她含泪劝慰,"你呀,不要动,不要孩子气,一切听医生的";他上电视一夜走红,来访者蜂拥而至,她替他挡在门外……在她心里,比她大12岁的许渊冲永远像个两岁的孩子,她爱他的纯真,爱他"灵魂里不沾染别的东西"。他坦荡如砥、心直口快,从不在人情世故上费心思,她在背后默默打理着一切,让他安心沉浸于美的世界。

她是最懂他的人,常说:"许先生很爱美,唯美主义,他一生都在追求美。"从工作到生活,从外表到灵魂,无不如此。

他有多爱美呢?接受采访,一定要穿上细格子西装搭粗格子围巾,浅棕加深灰,几乎成了"标配"。出门,风衣、皮靴、帽子、墨镜,一样都不能少。别人夸他100岁了还是很帅,他哈哈大笑,说:"还可以吧!"

晚饭后,他总要骑自行车去吹吹风,看看月亮。纪录片用镜头跟踪他骑车的背影,虽然有些佝偻,却如追风少年。

直到那一夜,他骑车驶向一条新修的路,摔倒了。"倒了霉了,月亮下看见很亮的路,看不到坡啊!月光如水,从某种意义上讲还摔得蛮美的……"那晚是中秋夜，月色正美。

遗憾的是，纪录片上映时，夫人已去世两个月。观众席上，有人发现了许渊冲先生，掌声雷动。"今天许先生本人也来了，他其实没有别的意思，就是想再多看一眼奶奶。"导演在放映结束后的一席话，让很多观众潸然泪下。

夫人离开的第二天，学生们到他家中探望。他们担心已经97岁的老先生撑不住，结果惊讶地看到，许渊冲还是纹丝不动地坐在电脑前，他正在翻译英国作家、唯美主义代表人物奥斯卡·王尔德的全集。他说自己几乎彻夜未眠，一个人坐在电脑前想了很久，然后翻开王尔德的书。"不用担心我，只要我继续沉浸在翻译的世界里，就垮不了。"

不管风吹浪打，胜似闲庭信步般走过一个世纪，他的秘诀就是如此简单——心无旁骛。"我为什么能活这么久？因为我每天都在创造美。我的翻译是在为世界创造美。"

他最爱的月亮，早已融入他的生活、生命，成为一种人生意象。1938年11月4日，刚刚考入西南联大外文系的许渊冲在日记中兴奋地写下："今夜月很亮，喝了两杯酒，带着三分醉，走到操场上，看着半圆月，忆起往事，更是心醉神迷。"

百年如白驹过隙，转眼已至期颐。天边还是那轮明月，清辉之下，他将光阴幻化成诗，留下永恒之美。

他挥洒着诗意，走过百岁人生。

（摘自《读者》2021年第12期）

生活，没有想象的不堪

黄 灯

年龄越大，就越认可父母的人生。越是见识到不同的人群，就越意识到他们的难得。越是和概念、理论打交道，就越意识到父母落地的人生姿态，是多么的活色生香而又充满生命力。

我的父母是普通人，一辈子生活在湖南的一个村庄。母亲是一名家庭主妇，父亲是一名中学老师。

妈妈19岁嫁给爸爸。外婆生育了6个孩子，还领养了一个，但妈妈是唯一的女儿。在那个年代，虽然说不上能享受到多少宠爱，但至少没有遭受过任何对女性的轻慢，妈妈甚至还念到了初中毕业，字写得比我好很多，能自由阅读文学作品。只是她一辈子太忙了，从来没有任何闲情逸致，从来没有轻松地坐下来好好品过一杯茶，浪漫过一次。我对妈妈骨子里文青倾向的唯一感知，就是在20世纪70年代末期，在我们姐弟年龄很小的时候,她那种强烈地想要摆脱几个孩子,自己骑单车去隔壁村看电影的样子。

妈妈26岁就已经生了4个孩子。她这辈子最亮眼的价值观,来自这句话:"一生中最值得的事情,就是赶在计划生育前,生了你们4个。"她如此地热爱孩子,无数次地庆幸,这种发自内心的确认,让我从小就充满了存在感。尽管我已是家中第三个女儿,尽管连村里的老人都看不下去,开始同情妈妈命苦,但我知道自己不是拖油瓶,知道自己给家庭带来的是快乐而不是痛苦。尽管四姐弟年龄接近,争吵不断,挨打不少,但打过以后,还是觉得活着有意思,眼泪还没擦干,就开始香喷喷地吃饭。我从小就怕死,有一点点不舒服,就主动叫妈妈带我去乡村卫生院。是啊,我是父母赶在计生政策出台之前生下来的,就算是第三个女儿,能顺利来到人间,又有什么理由不庆幸呢?

我妈妈干过的事,我大致算了一下。

在养育子女方面,妈妈除了养大我们4个,在婶婶26岁那年意外去世后,还毫无怨言地担起两个家庭的担子,同时养育两个年幼的侄子。这种状况,一直断断续续坚持到兄弟俩初中毕业外出打工。现在,我的两个堂弟对妈妈非常好。另外,我的大舅、满舅,我的小姑、远方表叔,都分别将自己的孩子或长或短地放在我家里寄养过,最长的有五六年。家里的情况是,我被寄养在外婆家,而别的孩子寄养在我家。至于他们为什么把孩子寄养在我家,可能因为爸爸是老师,在他们看来,既能帮忙辅导孩子,也可以通过他的关系,拜托更多的老师关注孩子,甚至让他们顺利升上中学。这些现在看来无比麻烦的事,妈妈从没有过任何抱怨。

因为家庭人口多,做饭的工作量很大。她一辈子的心思和时间,主要是用在准备各种各样的食物上。让我意外的是,妈妈居然喜欢做饭。如果说，偶尔做一顿能让人感觉到乐趣，但像她这样，连续50年，持续不断地为家人做，我就感觉这是一项伟大的事业。我家朋友多，爸爸年轻的时候喜欢带同事来家里玩，他的学生也喜欢来家里玩，我的同学、弟弟的同学、两个姐姐的同学都喜欢来家里玩，妈妈是所有客人最喜欢的人。妈妈确实好客，好客的方式，就是做饭给客人吃。妈妈做饭速度极快，两个小时，可以做好20个人的饭菜。我一想到妈妈一辈子做过的饭菜够用火车皮来拖，就汗颜不已。

妈妈也懂得很多手艺。在1987年以前，她除了承担所有农活，主要职业是做裁缝。她是我们整个乡镇最有名的裁缝，是少有的还会做大衣襟的传统师傅，我们小时候穿的衣服都出自妈妈之手。在1987年以后，她还开过杂货店。在开杂货店的同时，她学会了做早点，也就是蒸包子、馒头，掌握基本技术后，她发挥自己会做坛子菜的优势，做出了南北特色结合得很好的油饺子和油炸包。这些美食干净、好吃，又经饿，长久以来，一直是我们乡村中学孩子们的共同记忆。在经商的同时，她还承包过田地种大荆西瓜，西瓜成熟后，又联系熟人去长沙街头售卖。想想，农、工、商、小手工业，这些行当妈妈都干过。她1949年出生，去年还在说，要不是年龄太大，都准备去考个驾照。我就是听了她这句话，才下定决心坚持考试，拿到驾照的。

是的，妈妈大半生给我的印象就是忙、累，但她活得热气腾腾，平凡又充实，仿佛不用追问人生的意义，就自带庄重的价值。

我再讲讲我爸爸。爸爸是一个乡村中学老师，他1968年师范肄业后，按照当时的政策回到了家乡，成为一名公办老师。他一辈子总说自己入错了行，应该去从事建筑或者天文行业。他对天文非常感兴趣，中考的时候原本上了南京气象学校，因为爷爷不放心，几把眼泪硬是将儿子留在身边，进了岳阳师范学校。但多年来，爸爸的天文情结始终没有消失。爸爸还喜欢建筑这个行业，方圆两百公里内的桥，每一座在修建的时候，他都会去看好几次。1995年至1999年间，我在岳阳一个工厂上班，那个时段正好在修洞庭湖大桥，爸爸每过一阵，就会从家乡来到岳阳，让我陪他去看大桥的进展。我们镇上的房子，像样一点的楼房，几乎都出自他的设计，尽管每次忙上几天，只能得到几包香烟，他还是极为开心。

当然，尽管爸爸宣称入错了行，但他其实非常适合当老师。他是中学的数学骨干教师，我上初中时，他教过我，他教学的特点，就是用最少的时间，教学生理解数学的精髓，强调概念的清晰，绝不搞题海战术。

爸爸和妈妈一样喜欢孩子，他喜欢孩子的方式，就是在任教的过程中，绝不耽误任何一个有前途的学生。他曾经当过一届高中的班主任，班上29个学生，最后有23个脱离了农门，通过高考、复读、当兵等路径，获得了新的发展，改变了整个家庭的走向。爸爸在此期间，就是尽一切可能满足他们在学费、书本、生活费等方面的需求。在他朴实的认知中，教育是世间性价比最高的事情。20世纪90年代，他总是和镇上那些发了财的朋友讲这个道理，反复叮嘱他们在赚钱的时候，要注重对孩子的教育。那个时候，他每个月的工资只有两三百元，而那些做生意的朋友都身家几十万甚至上百万。但事实证明，爸爸的确有远见。

爸爸说话耿直，不媚权贵，一辈子没有得过一张奖状，没有获得过任何官方的荣誉，哪怕在学校的卫生检查中，他门上贴的标签也只能是一张"较清洁"。但他仿佛从来不在乎别人的评价，只是凭着自己的兴趣和本心做事。他喜欢读书，在乡下的中学，他一直坚持读苏霍姆林斯基的著作，坚持看了不少数学方面的理论书，他还喜欢文学作品，喜欢读《镜花缘》《红楼梦》。他和妈妈一辈子都在一种极为忙乱的环境中生活，家里人口多，压力极大，常年处于负债状态，但他们从未流露出悲观情绪，总是兴致勃勃地承担该来的一切。他们从来没有什么个人的空间和生活，一辈子处于燃烧和付出的状态，为孩子、父母、亲戚、学生做着他们该做的事情。

我就是在这样一种环境中长大的，从小没有被要求为改变命运而读书，也从未动过出人头地的念头。因为父母忙于生计、疏于管理，我反而多出了一份生命的自由和快乐。高中毕业时，我只考上了一所专科学校，因为闺蜜平时和我成绩差不太多，她上了北京大学，我总感觉自己再努力一下，至少也能上个湖南大学，于是想复读一年。父母看到了事情的另一面，村里有一个姑娘，复读几年没考上，最后精神失常，漂漂亮亮的一个女孩，瞬间成了家里的累赘。这是他们不愿看到的现实，既然他们有这个担心，我就放弃了复读的念头，欢欢喜喜去了那所专科学校。进了学校，压力极小，主要时间还是玩耍，课余打牌、滑冰、吃烧烤，当然还有谈恋爱。现在看来，我不能说这种今天无法想象的懒散，没有给我带来遗憾，但此后几乎难有偷闲的时光，又让我对此从未后悔。很多时候，我甚至暗中庆幸，我的青春年代，曾拥有机会浪费大把时间，在困惑和迷茫中，可以坚守自己的兴趣，并且通过浪费和试错，确认了生命的激情源于何处，内心得以找到向往和喜欢的状态，而不是像现在的孩子，从小生活就被填塞得密不透风，被各种各样的外界标准驱赶着被动长大。失去的机会可以再找回，没有赚到的钱也可以通过别的途径补救，但逝去的青春永远不会重现，年轻的时光不应仅有竞争，还应该拥有它原本的余裕和从容，懵懂和青涩。

我1995年大学毕业进入工厂，1998年下岗，于是决定考研。在朋友开的广告公司里借了一间4平方米的小房间备考7个月，神奇地考进了以前想都不敢想的武汉大学。这种戏剧化的结果，仿佛是命运一直站在暗处，随时准备补偿我高考失利的遗憾。随后，我接着念博士，毕业后，进了广东一所学院任教。

没想到工作后，相比创作对我的吸引力，我更喜欢教书。和学生交往，成为我最开心的事情。我觉得仅仅只是因为多读了6年书，我所拥有的生活比起大学毕业后在工厂的生活，已经好了很多，一份大学的教职让我心满意足。这种随遇而安的心态，和父母如出一辙。我安心对待学生，就如妈妈安心对待她身边的孩子，就如父亲安心对待他课堂里的少年，这是一种经由家庭熏染习得的平常之心。

平凡的生活，没有成功学理念中想象得那么不堪，所谓中产阶层担心的阶层坠落，其实充满了偏狭的优越感和无谓的焦虑。想起妈妈，一辈子都在做事，但只要做一件事，就有一件事的样子。她种菜，就能看到满园的豆角、茄子、丝瓜和辣椒；她养鸡养鸭，就能看到鸡鸭成群结队，活蹦乱跳、人马喧腾的热闹；她做饭，就能让家人闻到满屋的菜香、感受到食物的美味；她养育孩子，就能让孩子们一个个精神抖擞地长大，并自然地融入社会，绝不给别人带来麻烦。她和全天下平凡的家庭主妇一样，所有的时光充满汗水和劳累，但每一分钟都饱含着生存的质感。

她的生命如此落地，精神如此简单、清洁。我年龄越大，越对平凡而认真活着的人深怀敬意。他们和我的父母一样，都是托起这个社会的基石，尽管他们默默无闻，但没有人可以否认他们的价值。

当然，不能否认，我的父母之所以能够如此坦然地走到今天，除了无病无灾、勤劳能干，更重要的原因，在于他们所生活的时代。而我之所以能够在青春年少的时候，恣意虚度不少时光，轻率地走过很多弯路，也是因为"不能输在起跑线上"的"宗教"还没有如此根深蒂固。

所以我们现在要做的，就是要让劳动者通过踏实的付出，就能心安理得地享受到生命的快乐。我们要允许孩子们试错和出错，允许他们迷失和走岔路，允许他们按照生命的节奏和内心的召唤去缓慢成长。

这个过程必然漫长而艰难，但一旦达成，平凡而有尊严的生活就会成为现实。

（摘自《读者》2021年第8期）

她从海上来

吴晓乐

  母亲的学历止于小学，这是外公的主意。外公很早就表明态度，母亲小学一毕业，就得外出打工以贴补家用。母亲的老师得知后，特意来访，试图说服外公，让母亲继续升学。母亲说，她远远见到老师的身影，就赶紧溜出家门，躲在邻近的巷口，她怕自己在场，大人不好说话。一边躲着，一边忍受胸腔内那急速搏动的焦躁。母亲拼命祈祷，希望外公会回心转意，自己能够跟其他人一样，无忧无虑地坐在教室里学习。当老师青着脸踏出母亲家门时，母亲的心一沉。外公并不认为女儿坐在教室里，握着铅笔，朗读课文，能让他多买上一瓶酒，而在工厂的生产线上工作却可以。

  升学路断，母亲疾奔上邻近的小山丘，望着大海。不能在父亲面前表达的幽怨，悉数化为泪水。几天后，她成为女工。那一年，她十二岁。

  在工厂安顿好，母亲瞒着外公报了夜校，并请同事帮她圆谎。钟一响，母亲就奋力踩着向别人暂借的破"铁马",哐啷哐啷地去上课。平常浸泡在酒精中醉生梦死的外公,对于钱倒是很精明。没多久,外公算出母亲上呈的加班费有短缺,当下冲往工厂堵人,眼见纸包不住火,同事只得吐露实情——她去读书了。母亲下课返家,外公怒不可遏地将她一顿痛打。母亲退了学,之后几十年,她都没办法回到教室,听上哪怕一个钟头的课程。很有可能,她整个人的一部分,也被彻底地禁锢在那个挨揍的夜晚。

十四岁时,母亲在外婆的建议下,独自踏上前往高雄的船。在高雄,母亲一口澎湖腔的闽南话,常遭人嘲笑。她跟一位同事交情甚笃,下班后,便从对方身上模仿"标准"的闽南语;其他闲暇时间,她继续学普通话,工厂内的报纸是她的免费教材。母亲是这样自修的:左手拿报,右手执笔,一旦出现生字,圈起,拿起字典查找,然后在报纸留白处反复抄写,直至完全记熟那个字的形、音、义。

从小到大,我眼中的母亲,认识很多字,说话也字正腔圆。后来,母亲揭晓个中隐情,我才恍然大悟,母亲无意识地调换着符号与象征,只想获得一种命运:不再被人霸凌。这段经历也滋养出母亲沉静的个性:她从不贸然评说一个人的好坏,也能忍耐别人对她的胡言乱语,心性平静,波澜不惊。

母亲以长女的身份守护着她的家庭。外公基本不捕鱼了,成天意兴阑珊地晒网。母亲把手足一个个地接到高雄,眼看这个家即将拨云见日,她却罹患重病,近一米七的个子,消瘦到三十八公斤。医生说,唯有台北的医院可以收治。母亲反过来安慰外婆,说她累了,这样就好,不用再治疗了。母亲算过了,交通费、住宿费和医药费会再次压垮这个家庭。母亲瞒着外婆,把大妹唤来榻前,嘱咐她撑起这个家。后来,她奇迹般地以一帖中药渡过难关。母亲说,那时她觉得就这样子走了也无所谓。活着未曾感受到多少幸福，倒想再一次投胎，看看是不是能有更好的生活。

我问母亲，为什么想要孩子？母亲说，前半生，她最常有的情绪是孤独。长年在外拼凑家计，跟家人相处的时间很短暂。等到日子不再那样匮乏，手足一一成家后，她反而困惑了。母亲打了一个比方："就像你把家布置得很理想，看了看，很满意，这么舒适，为什么不再邀请一些人来呢？我邀请的人，就是你们。"

我想，母亲之所以渴望孩子，也是想通过我们，让她朝思暮想却永远也得不到的某种氛围得以再现，而这一次她能够不被辜负。孩童的存在，提醒我们，活在当下，也要活在未来。而孩童的未来性，有时也能使母亲借由我们的童年，去弥补她儿时的遗憾。

我三岁多时，母亲把我们姐弟从奶奶身边接来同住。平日她把我们送入幼儿园，假日则带我们去博物馆。我们一同观看细胞分裂、恐龙灭绝、哺乳类动物幸存的影视资料，对猛犸象和噬菌体的外形激赏不已。我对动植物萌发了浓厚的兴趣，势必认读每一段介绍文字，母亲在我身后一行行朗读，不忘给我解释含义。我们也去书店，这其实是她最享受的时光。为了安抚我们，她允诺，我们离开时能带走一两本自己喜欢的书。我跟弟弟从母亲那犹豫为难的语气中，误以为书是贵得要死、别的小孩子拼命也要获取的奖励。之前进入安静场所而翻涌的躁动，瞬间转化为狩猎般的探险兴趣。

曾有一回，一本书的插图吸引了我。文字没附注音，有些段落我读得很吃力，我抱着那本书，请母亲念给我听，她从自己的书本中抬起头来，迟疑了几秒，说："妈妈也在读书，你可不可以挑一本简单的自己读？"语毕，她的目光又落回书上。我至今仍忘不了那暗淡的心情。我以为母亲会放下书本，但她没有，她把书本抓得更牢，仿佛那是一张船票，她将乘上船，前往更丰饶的地方。

上小学时，母亲慎重地交给我一样物品：字典。自字典交到我手上的那一秒起，母亲就再也不帮我认读任何一个字——读不出招牌上的字，问她，她只要我记下，让我返家后查字典。

我当然讨厌母亲的做法。有时童话读得兴起，去问母亲，她也是狠心遥指家中摆放字典的矮柜。为着一个字，得在字典里翻寻，字字都在"此山中"，对于幼小的我，也有"云深不知处"的无奈。我为了轻减日后的负担，若课文学到"雨"，就连着部首一路读到"雪霞霜雾霾"，也因为每个字都是我亲手掘出，便显得格外刻骨铭心。

上小学时，我是敬仰母亲的；升入初中后，这份敬仰日渐生变。

初中的第一堂英文课，老师问全班，有谁没办法按顺序念出所有的英文字母。我没有多想便举了手，环顾四周，却发现自己竟是少数。回家后，我把这份难堪与羞耻扔给母亲。母亲向我道歉，说："我只读到小学，不清楚原来英文这么重要。你的学历比我高了，不然这样，我再带你去买一本英文字典，好吗？"我以沉默作答。这份复杂的情绪，到了高中愈加严重。升学考试不仅筛选出成绩好的学生，也隐约淘洗出家世背景较好的同学。多数同学都有家学渊源，相比之下我的背景相当突兀。客观上我明白"万般皆是命"，主观上却藏不住"半点不由人"的感伤。我的挚友，自小就受到父母的严加管教。我向往这种家庭，以为爱一个孩童不过如此，约束他、管教他，确保他没有辜负每分每秒，年年都百尺竿头，更进一步。我那时未能读出挚友的隐忍，隐忍自己得收下一份过于贵重又不能拒绝的礼物：在父母无微不至的关注下，你必须活成人上人，为父母争气。

我甚至谴责了母亲的"无为而治"。

高二时，我因胃酸倒流，每个星期有一天得去医院检查。我跟母亲坐在医院的长椅上等待显示屏上号码的跳跃,有时母亲会想到什么似的说"不要给自己太大压力";下一秒,她又陷入自我审查、修正,"算了,当我没说,我也没读过书,我懂什么"。对话便到此终止。又一个星期,我们坐在同一张长椅上,忍受同一份尴尬。相比之下,做胃镜真是太轻松了,一根细管,数次忍耐和几分疼痛就能看清楚病灶。也许那时候我与母亲之间也需要一根管子,去查看生活的酸液是如何将我们之间的关系腐蚀出窟窿的,为什么我们表达感情的方式只剩下沉默,沉默至少稀释了我们对彼此咆哮的欲望。我怨过她,怨她什么也不懂,填志愿的时候甚至不知道学校的排序。这反复纠缠的情结,直到我大学毕业,才有了释怀的契机。挚友与我吐露生命的负担,我也看到其他孩子的伤楚。他们被父母的期望压得喘不过气,而我的母亲从头到尾,不忘送给我最难能可贵的爱:自在。

我本该向母亲道歉,但我没有。我以为母亲能从我重新释出的依赖,理解到我对过往言行的懊悔。我低估了道歉这一举动的功效,对受伤的人而言,这是不容省略的仪式。

一场国外旅行,终于使我意识到自己错得有多离谱。那时,酒店的系统出了点纰漏,我们一行人准备就住时,酒店已是满房的状态。我跟前台服务人员用英文争执起来,母亲也很紧张,不时出声询问。工作人员请来经理,我得同时和两个人沟通,母亲的频频询问让我左支右绌。我转头,以不耐烦的语气说:"你先在旁边等好不好,我这里很忙。"几天后,在餐厅里,母亲突然开口说:"那日在前台,你让我很受伤。你让我觉得我英文不好,什么都不懂,是个累赘。"母亲似是再也承受不了,一把撕开我们多年以来绝不轻易碰触也从未结痂的伤口。她问:"命运怎么开了个玩笑,让鸭子生出天鹅呢?"闻言,我跌入时光的回廊:博物馆的标本、为我朗读介绍文字、手上字典的重量、我升入初中时既欣喜又心酸的祝福——"从今天起你就读得比我高了",也包括高中之后的片段回忆……在她认识的字比我多时,我们相互理解;而在我习得的知识比她多时,我却单方面地关闭频道,再也不让她收听。羞耻感淹没我的心房,我岂止红了眼眶,眼泪也扑簌簌直落。

"鸭子怎么会生出天鹅呢?"我生平见过最温柔、最友善的控诉,再也想不到还有其他表达方式,比这样的言说更委婉深沉。

我深知母亲苦于她的失学。终其一生,她在职业上的选择很少,也总是碍于学历而不得晋升。我深知母亲辛劳的一生与她长女的身份密切相关,她牺牲自己,换来手足上学的机会。我偶尔体谅,偶尔怨怼。仿佛她可以选择,其实她根本没有选择。

我向母亲道歉,我错了,我的书读得太差劲了,知识的存在是用以认识自己,而非否认来历。母亲也掉泪了。她原谅了我,她总是能谅解别人对她的误解。

到了三十岁,我看得更清晰。母亲没有给我指示,她给了我一盏明灯,我要往哪儿去,她极少干涉。

我跟弟弟对知识的恋慕,很大程度上来自模仿,模仿我们最重要的人对于知识的渴慕。她若得一秒钟清闲,就读一段文字,无论报纸还是杂志都好,而她的两个小孩跟在她的身后,陪她摇头晃脑,把整个世界都收纳于掌中开合的书页。母亲没有藏私,她并没有为我们精心规划出缜密的学习计划,也不曾给我们编排课程,她甚至从不评价我们成绩的好坏。她只是把我们引到水畔,我们见她泅水、拍浮,时而没入水中,时而浮出水面深吸一口气。我们的一切成就,都来自一个十二岁时离开教室的小女孩。

再次回答那个问题:"丑小鸭怎么会变成天鹅?"因为丑小鸭的妈妈,本来就是天鹅啊!

(摘自《读者》2021年第21期)

对一只蝴蝶的关怀

李汉荣

初夏的一个上午,我去河边散步,看见河湾的岸边一个小男孩和小女孩神情紧张专注,好像在讨论一件重要的事情。我轻轻走近他们,才看见他们正在营救一只在水面上盘旋挣扎着的花蝴蝶。那蝴蝶也许翅膀受伤了,跌入水中又使翅膀过于沉重而无法飞行。小男孩将一枝柳条伸向水面,但柳条太短,小女孩又折了一枝柳条,解下自己的红头绳将两根柳条接起来,终于够着那只蝴蝶了,然而它仍然不配合,不知道赶快爬上这小小"生命线"。小女孩急忙摘下头上的蝴蝶形发卡,系在柳条的一端,让小男孩投向水面的蝴蝶附近,示意它:这是你的同伴来搭救你了,你不认识我们,你总该认识你的同伴吧。果然,那弱小的蝴蝶扇动几下翅膀,缓缓地挨近这一只"蝴蝶",缓缓地爬上这只"蝴蝶"结实的翅膀,小男孩慢慢地将柳条移向岸边,蝴蝶终于上岸了,两个孩子快乐得又说又笑起来。

我以为事情到此结束了，然而，两个孩子又商量起了这只蝴蝶今后的生活。他们小心地把蝴蝶放在阳光下的草地上正开放着的一丛野蔷薇花上，让它一边晒太阳，一边汲取花蜜。但是，他们仍觉得这种安排不到家，他们担心贪嘴的鸟啄食了这需要安静疗养的可怜蝴蝶，就采了几片树叶搭起一个简易的绿色"避难所"，将蝴蝶护在里面。他们相信，待它安静休息一些时候，伤口愈合，体力恢复，它就能重新飞舞在春天的原野上。

今天上午我本来是不准备出门的，想待在家里读书或写作。不知道什么原因我还是出门了。多亏我走出了门，在书本之外，我读到了春天最纯洁、最生动的情节。在我小小的文字之外、在生硬的键盘之外，两个孩子和那只蝴蝶、那片水湾，组合成真正满含温情和诗意的意象。在我的思路之外，孩子们的思路才真正通向春天深处，通向万物深处，通向心灵深处。

在回家的路上，我想了许多。首先我觉得我的善心比孩子们淡漠得多也少得多，或许我更关心的是自己的生存、利益、脸面、尊严，而对其他生命和生灵的生存处境及他（它）们所受到的伤害，并不是太关心，即使关心，也不是感同身受和倾力相助，即使关心了，也并非完全不求回报。总之，我觉得，仅就善良、纯洁这些人性中最美好的东西而言，我们不是与日俱增，而是与日俱减。人随着年龄的增长、阅历的加深，人性中的"水土流失"也会逐渐加剧，而流失的，恰恰是善良、纯洁这些人性的好水土，内心的河流渐渐变得混浊，泥沙俱下。细想来，这是多么可惜的事情。人性的好水土流失了，纯真情怀少了，实用理性多了，率真少了，算计多了，在这一多一少的增减过程里，人们的情感和心灵，就渐渐出现轻度或重度的"荒漠化"了。由这样荒漠化的人组成的人群和社会，岂不是大沙漠？

那时不时呼啸着扑面而来、飞沙走石、遮天蔽日的，莫不是人性和人心的沙尘暴？

　　那两个可爱的孩子，他们是这个早晨的天使。他们对一只蝴蝶的同情、对事物的爱，是真正出自善良的天性和纯洁的内心。除了爱，他们没有别的动机，爱在爱中满足了。不求回报的爱，才是大爱、真爱。不求回报的爱，也许才会获得事物本身乃至整个大自然更丰厚的回报。试想，孩子们在拯救一只受伤生灵的过程中，内心里洋溢着怎样纯洁的愿望和爱的激情，这种内心体验，本身就丰富了孩子们的情感世界，化作他们宝贵的精神资源和美好记忆。在培植美好事物的时候，内心的愉快是其他任何东西都无法带来的，你给世界带去了一点希望，同时你的生命也被这点希望之光照亮。那只蝴蝶当然不会飞到这两个孩子家的花园里向他们点赞致意。但或许，整个原野和春天，都会从孩子们的善行中受益，若干年后，甚至几百年几千年后，如果有某种险些灭绝而终于没有灭绝的花卉，在一次神奇的转机中获得了再生，成为某个城市的市花，或某个国家的国花，也许这美丽的花，它的命运就与一只蝴蝶有关，与这只蝴蝶的一次及时传花授粉有关，与两个孩子有关，与若干年前，那个初夏的早晨有关……

（摘自《读者》2016年第3期）

时间的河流与母亲的光阴故事

韩良露

生命是一条长河,在时间的河流中,没有人可以两次踏入同一条河流。不管何时何地,我们踏入的都是不同的时间之河。

我对这个说法一直深信不疑。时间的河流不断地向未来流去,逝水流年,我知道自己永远不能回到以往的时间之河中。我只有一条生命的河流,不管我如何追忆过去、想象未来,都只能体验自己每一次的时间之河。

直到母亲在三年多前去世,我才发现自己的时间河流变得错综复杂起来,仿佛除了我自己的一条,还有一条母亲的时间河流,伴随着我的生命之河流淌。

母亲在世时,我从来不曾想到母亲的生命之河和我的会如此纠缠。虽然我的生命河流从母亲的子宫源头流出,但这条我自以为独立的河流,早已如大江般奔向生命的海洋。我早已忘记母亲子宫里羊水的波动,早已不复忆起我的时间河流最早的源头。

母亲离开后,她不再只是那个母女关系中的母亲,我突然意识到,母亲是一个女人,也有她自己的时间长河。最奇异的是,我开始感知到母亲的时间河流和我的之间存在的关联。我发现,随着母亲的逝去,母亲的时间河流竟然在我的生命中重生了。

母亲生我那年才20岁,从师范学校毕业一年多。母亲原是一个心高气傲的女子,根本不想那么年轻就走入婚姻,担起家庭及母亲的责任,但命运为母亲安排了一条并非她心甘情愿走的路。母亲18岁那年,来自江苏省的父亲在台南的药房中遇到了她。父亲看上了这个白皙、害羞的少女,在付了一大笔聘金后,阿嬷阿公答应了父亲的提亲,让他们的长女嫁给了大她14岁的男人。

就世俗的标准而言,母亲嫁得不错,她其实不需要去小学教书,但她坚持做职业妇女。

我看着母亲结婚时的照片,以曾经在19岁时间之河中的我,进入她的时间之河。19岁的我还是个冲撞成规、充满文艺热情与爱情梦想的少女。我的人生刚开始朝具有无限可能的大海伸展,但母亲的人生已经被社会及家庭规范成运河,承载着各种传统的责任。

母亲个人的不甘,换回了她整个娘家的安稳。父亲之前一个人在台湾,娶了母亲之后,负担起母亲全家的生活费、教育费,成为亲戚朋友口中最孝顺的女婿。在人生的天平上,父亲未免付出得过多;但在与母亲关系的天平上,他也得到了许多。

母亲在婚前恋爱过吗? 18岁以前的她是否有过充满少女情怀的憧憬? 母亲曾在我17岁时,因我过于狂野、过着逃学离家的生活而告诉我她当年求学的困难。母亲初中毕业后,因家庭变故无法继续升高中,只得去食堂打工。但母亲的初中老师坚持要这位一直是学校第一名的好学生继续求学。他为她报名参加师范学校的入学考试，母亲以第一名的成绩考上了。他到她的家中去说服她的父母，告诉他们读师范院校不用花钱，学校每个月还会给零用钱，可以贴补家用，于是母亲获得了求学的机会。

这位帮助过她的男老师，是否曾让她这名女学生有过少女情怀呢？

当年37岁的母亲对17岁的我，一直采取放任自流的管教方式，就是因为她希望我可以拥有她不曾拥有的人生，但她也不希望我因过分撒野而走上艰难的道路。

17岁的我，其实无法了解37岁的母亲，甚至无法了解17岁的自己，更无法了解曾经也是17岁的母亲。母亲在67岁时离开人间，当时47岁的我，突然跨进了母亲的时间之河。

47岁的我，早已理解17岁的我是怎么一回事，同时也了解了17岁时的母亲的生命状态。但在母亲生前，我何曾感受过她的时间之河，何曾想到她也有过身为少女的时光？

47岁的我，懂得了自己的37岁及母亲的37岁。在17岁的我看来，37岁的母亲是相当老的女人；37岁的我，却觉得自己仍然很年轻。选择不做母亲的我，没有一个孩子来对应我的年龄，所以让有着37岁身体的我，依然保持着27岁的心境。

但母亲的27岁、37岁是如何度过的呢？身为女儿，我看到的从来只是身为母亲的她，而不是一个处于不同年纪与岁月阶段的女人，更不用说去想她的心理状态。母亲27岁时，我7岁，她会带着我去裁缝店做母女同款的洋装。但我可曾好好看过母亲27岁时年轻的身影？这些影像并不曾留在我的心灵中，只留在斑驳的照片上。但母亲去世后，当我终于进入她的时间之河时，突然可以忆起母亲独立的生命。我不再以女儿之眼，而是以女人之眼去注视母亲作为女人的身影。

母亲67岁时因卵巢癌去世。去世之前的半年，她一直处于极大的痛苦之中。奇怪的是，在母亲离开前的最后一个月，我开始腹痛；而在母亲结束痛苦时，我的腹痛也神奇地消失了。一般人说母女连心，对我而言，则是母女的卵巢与子宫之间的相连。

母亲离开后，47岁的我立即懂得了自己47岁的生命状态。我原本一直把47岁活成37岁，却始终躲不开岁月的镜子。如今已经一脚踏入母亲时间之河的我，不只感受到17岁、27岁、37岁、47岁的母亲，甚至开始懂得超越自己年龄阶段的时间之河。通过母亲，我开始面对自己47岁的身体和心灵。

47岁时的母亲，考上了台湾师范大学的夜校，花了几年时间拿到一张在她的工作中派不上什么用场的大学文凭。但这是母亲人生的文凭，是让她找回自己可以掌控的人生的一种方式。

47岁的我，一直活在自己可以掌控的人生中。不管是在工作、婚姻中，还是在人生目标上，都不太遵守社会规范的我，却有着美满幸福的生活。也许我成了母亲有阴影的人生中光明的一面。在母亲生前，我知道她一直以我为荣，又或者说，她可能羡慕我活出了她不能拥有的精彩人生。

47岁以前，我觉得自己和母亲走的是根本不相连的两条人生道路：我的自由相对她的不自由，我的幸福相对她的不幸福。在母亲离开后，两条原本各自奔腾的时间之河却再度相连，让我回忆起自己生命的源头。我的时间之河中有母亲的时间之河，母亲的时间之河中有我的时间之河。

如今的我可以不依靠照片，而通过心灵之眼清楚地看到47岁的母亲，不只是从脑子里知道，而且是从心里知道她为什么要重回校园——唯有这种方式可以让她脱离人生轨道，让生命的火车开回年轻时曾经错过的人生。

  时间的河流，是一条可以反复向前看或向后看的河流。原本我只能回顾自己的过去，却因母亲离去所带来的永恒之眼，看到自己的未来与母亲的过去交织的时间之河。

  我知道自己必将走过母亲所走过的旅程，我的子宫终将萎缩，我的肌肤终将失去润泽，我体内的基因终将以母亲记忆中的方式活动。母亲的痛苦终将成为我的痛苦，虽然我的幸福从来不曾是母亲的幸福。

  如今，通过时间的河流，我走入了母亲一生的光阴故事。

（摘自《读者》2020年第1期）

黑夜的火车

李朝德

挂上电话,我立刻就后悔了。

车窗外,落日失去了最后一抹余晖,远山只剩下黛色的模糊轮廓。

火车还有一个多小时才经过村里,那时天应该早黑透了吧,那么晚打电话告诉母亲站在路口做什么呢?

列车在黑夜中呼啸着,载着心事重重的乘客飞驰向前。

那天,我从昆明乘火车去一座叫宣威的小城参加会议,这趟城际列车要穿过村里。我家离铁路并不远,直线距离也就五六百米。

火车黑夜穿过家乡,最熟悉的景致与最亲近的人就在窗外忽闪而过,兴奋与激动转眼间成为远离的失落,那种感觉难于描述。

10多分钟前,我打电话告诉母亲,我要去宣威。母亲知道我要路过村里,很是高兴:"去宣威做什么?大概几点钟到?"我一一回答,有些遗憾:"可惜村里没有站,不然可以回家看看。"母亲说:"你忙你的,我身体好好的,不用管。"说完这句,电话里一阵沉默。

我理解这时的沉默。

车过村里,母子相距不过几百米,却不能相见。

母亲沉默,我也沉默。

我打破沉默:"妈,要不火车快到村里时我打电话给你,你去村里铁路口等我,我在7号车厢的门口向你摇手,你就可以看见我,我也可以看见你。"

对这个突然的提议,我自己也觉得有些意外和为难,黑夜中叫母亲在路口等着见我,算怎么一回事?但母亲很高兴。

我们当然知道那个路口,那个叫小米田的路口是连接村庄与田地的一个主要路口。近些年火车多次提速,由单线变成复线后,铁路沿线早在10多年前就全线封闭。小米田路口虽然还在,但早被栅栏完全隔断,要过铁路只能翻越天桥,现在只剩下三四米宽的道口。我坐的这趟火车时速大概120公里。这样的速度通过那个道口要多长时间呢?可能半秒都不到吧!相互能看见?

窗外一片模糊,无边的黑暗包裹着车厢,我计算着时间与路程,却总也看不见熟悉的风景。

焦躁中,看见远远的公路上有车流的灯光,流光溢彩。我正纳闷儿这是哪条路呢,放着白色光芒的"施家屯收费站"几个字就出现了。我一阵悲凉,"施家屯"是隔壁村庄,火车应该在1分钟前就已驶过松林村,我竟然没有看见我熟悉的村庄和站在路口的母亲。

我颓然打电话告诉母亲:"妈,天太黑了,我没有看见你,火车已经到了施家屯。"

母亲也说:"刚才有趟火车经过,太快了,没有看见你。我想应该就是这趟火车,知道你坐在上面就行。"

我为自己的粗心愧疚不已,说不出话来。年迈的母亲在黑夜的冷风中站着,我在明亮温暖的车厢里坐着。本想让她看见我,我也能看见她,却害得她在路边白白等待,空欢喜一场。

松林村的一草一木,我再熟悉不过,怎么会看不出来呢?

我不甘心地说:"妈,要不明晚我返回时在最近的曲靖站下,站上有到村里的汽车,半小时就能到村里,住一晚再回昆明,方便得很。"母亲连忙阻止,固执而又坚定,仿佛我这样做是她的错。我没有办法,自己赌气也是跟母亲赌气:"那就明晚还在这路口,到时候我会站在最后一节车厢的车门旁招手,一定可以看见。"

我又一次要求母亲去铁路口,固执得有些残忍。

我坚定地认为,是我的疏忽,才会没看见站在车窗外的母亲。那么近的距离怎么能看不见?

那晚返程时,我早早走到最后一节车厢的车门旁。黑夜的火车如一条光带在铁轨上飘移,伏在玻璃上,我尽量睁大眼睛,可还是很难看清车窗外的景物。我想起顾城的诗句:"黑夜给了我黑色的眼睛,我却用它寻找光明。"

我的光明在哪里呢?

返程时,我又看见了"施家屯收费站",心头撞鹿。

内外温差大,车窗内起了一层薄薄的雾,我慌忙用手掌擦亮玻璃,双手罩住眼眶遮挡车内的亮光,让自己也陷入与外面一样的黑夜,在微弱的光线下仔细搜索一景一物。我终于看见被车灯照出几米远模糊的路面轮廓,看见了村庄里萤火般的昏黄灯光。

就在一个路口,我突然看见有束手电筒光在黑暗中照着火车!我刚要寻找并摇手呼喊,火车却过了!

我忙掏出电话,颤抖着告诉母亲:"妈,我看见你在路口啦!"

母亲也说:"我也看见你了。"

两句话说完,车外再没有了村庄,母亲越来越远了。

我在黑夜中的火车里不过是一晃而过的黑点,那个叫小米田的道口,不过三四米宽,而站在道口的母亲,她还没有一米六高啊……

(摘自《读者》2020年第9期)

萨赫勒荒原

朱山坡

抵达尼日尔首都尼亚美的那天晚上，一个叫萨哈的尼日尔黑人来机场接我。从机场到宾馆，我和萨哈几乎没说什么话，他跟我想象中热情奔放、擅长侃大山的非洲人不太一样，一路上拘谨得略显尴尬。

第二天，天还没有完全亮，萨哈便推开我的房门，将我从床上提起来。我有些不愉快，但不能怪他，因为我已经被告知，哪怕一路顺利，从尼亚美赶到在津德尔的中国援非医疗队驻地也要走一整天。萨哈觉得自己责任重大，不仅要负责我的安全，还要保证将车上的药品、食品一件不少地送达驻地。

我们迅速出发。

按原计划，我本应在尼亚美法语强化班培训半个月，下个月月初再赶往津德尔接替援非满两年的老郭，但老郭突然病倒，被送回尼亚美，抢救无效，几天前去世了。我和他的遗体在空中"擦肩"而过。老郭一走，津德尔地区医疗队就缺少拿手术刀的医生，那里等待做手术的病人排起长队。我只好提前出发赶赴津德尔。

萨哈给中国援非医疗队当司机有三年多了，他很沉默，但对我偶尔提出的疑问，他总能给我满意的解答。不过很快，萨哈的话多了起来，因为我们进入了一片一望无际、渺无人烟的荒凉之地。

"萨赫勒大荒原。"萨哈说，"穿过去就是驻地了。"

我想象中的萨赫勒荒原跟眼前的完全不一样。它太辽阔、太平坦、太荒凉！这里的每一棵树、每一只鸟、每一株草，都仿佛相处了千年，却又不得不相互为邻，紧挨着、搀扶着熬过漫长的岁月和亘古的孤独。毫无疑问，我们走的是世界上最孤独的公路，从荒凉通往荒凉，从寂寞通往寂寞。

我问萨哈："穿过大荒原要多久？"

"太阳落山之前。"萨哈脸上的淡定让我惊讶。

"何时日落呀？这太阳似乎刚刚升起，那么高迥无际的天空，太阳会落山吗？极目远眺，看不到尽头，山在哪里？"

"山在我的心里。"萨哈说。我刚想笑，萨哈突然肃然起来："老郭就是那座最高的山。"

怎么突然说到老郭了呢？我故意对他隐瞒实情，说："我不认识老郭，只知道他是天津市著名的外科医生。"

萨哈惊讶地朝我投来不满的目光。

我说："中国有很多跟老郭一样医术高超的医生。"

萨哈说："我知道。但老郭不仅仅是一名医生……你竟然不认识老郭！"

因为我说我不认识老郭，萨哈不高兴了。

"我一共有过七个孩子，夭折了四个。"他说。我好久才反应过来，直了直身子，问："怎么了？怎么会这样呢？"

萨哈没有回答我，或许他觉得我压根儿不应该有这样的疑惑。因为在这里，死亡如影随形，是一个常识。他又陷入无边无际的沉思。

我想打破尴尬的沉默。"要不，我们聊聊老郭？"我说。

萨哈的脸上突然布满悲伤，连皱纹的缝隙里都堆积着难过。他好一会儿不吭声，只是咳了咳，像被什么卡到了喉咙。看到此等情景，我也不好再提老郭了。

车子跳跃之间，我的肚子饿了。这个点，正是午饭时间，但萨哈没有停下来歇息片刻的意思。我可忍不了饿，便从挎包里掏出一包饼干。萨哈不吃我递给他的饼干，也不吃车上公家的食物，只吃自己随身携带的粟饼，喝自己带的水。他一边开车，一边啃了一半粟饼，喝了一小口水，算是吃过午饭了。剩下那半块粟饼，他不忍再啃，放回衣袋里。我不相信这么高大壮实的一个人吃这么点儿就饱了。

饭后，我迅速有了睡意。尽管车子一路颠簸，我还是迷迷糊糊地睡着了。不知睡了多久，我被一个急刹车惊醒。我睁开眼睛时，看到车前站着一个身材高瘦的黑人男孩。他双臂张开，拦住了车的去路。

萨哈伸头出去，朝那个男孩问道："尼可，你要干吗？"

那个叫尼可的男孩走过来跟萨哈哇啦啦地说："我等你两天了。三天前，有人看见你开车往尼亚美走，我以为你昨天就会回来。如果今天等不到你，我会疯掉的。"

萨哈扭头对我解释说："一个熟人……郭医生给他的老祖母做过手术。"

尼可朝我草草地瞧了一眼，对我说："他是我爸。"

此时的阳光已经变得很柔和，有了黄昏将近的意思。

萨哈问："祖母还好吗？"

尼可说："情况很不好！本来她快要不行了，一听说郭医生得病，她又活过来了。"

萨哈说："郭医生去了尼亚美……"

尼可说："祖母说了，她必须救郭医生。"

萨哈说："郭医生能救自己。"

尼可说："祖母说了……"

父子二人争执起来，互不相让。

突然，尼可醒悟了似的，对父亲的话产生了怀疑："郭医生不可能去尼亚美，他不会丢下津德尔的病人不管。祖母的心比眼睛更明亮，你骗不了祖母！"

萨哈转过身来，凑到我的耳边，轻声而严肃地说："不要告诉他郭医生已经去世了。"

我答应萨哈。尼可的目光越过萨哈落在我的脸上，他从我的帽子认出我的身份，便问："你是中国医生？"

我向他点头致意。他向我露出纯真而谦卑的笑容。

"你回去告诉祖母，郭医生的病已经好了，没事了。过段日子他就会回来的。"萨哈对尼可说。

"真的吗？"尼可盯着父亲的脸问。

萨哈看了我一眼，希望我出言相助。为了打消尼可的疑虑，我挤出笑容对尼可说："是真的。郭医生休息几天就回来。"

尼可很高兴，竟然手舞足蹈起来。萨哈突然变得有些悲伤，转过身来，不让尼可看到他的神色。

尼可向后退了两步，让我们的车离开。他依依不舍地向我们挥手告别，我也向他挥手说再见。

我们重新出发，但刚走出十几米，又停了下来，萨哈跳下车，往回跑——尼可突然瘫倒在路边！

职业的直觉和惯性让我赶紧跳下车，向尼可直奔过去。

萨哈扶着尼可坐起来，问他："怎么回事？"

"我饿。我感觉我快饿死了。"尼可说，"我在这里等你们两天两夜了。"

我摸了一下尼可的额头，好烫啊，而且他在不停地颤抖，还在流鼻涕。

"他没有什么问题，只是饿了。"萨哈轻轻推开我，轻描淡写地说。

我返回车上，从我的挎包里取出一块黑麦面包、一罐炼乳，跑到尼可跟前，塞给他。尼可端详着炼乳，双手震颤了几下。

"喝吧，是好东西。"我催促尼可。

但萨哈不让尼可打开炼乳，还从自己的衣袋里掏出半块粟饼——正是午饭吃剩的那半块，送到尼可的嘴里。

尼可狼吞虎咽地把粟饼吃完，喝了我递给他的半瓶水，很快便恢复过来，脸上慢慢绽放出生命的光彩，像一株快要枯死的草被甘露唤醒。

萨哈从尼可手里夺回我塞给他的炼乳和黑麦面包，还给我。"你不能送他任何东西。"萨哈说，"这对其他人不公平。上天对每个人都是公平的，我们不能违背上天的旨意。"

但尼可盯着我手里的炼乳，眼神里充满强烈的渴望。"能送给我吗？"尼可羞怯地问我。

他怕我拒绝，赶紧补充说："我想让祖母尝尝，她一辈子也没见过这东西。我发誓，我不会动它。"

不顾萨哈严肃的反对，我答应尼可说："可以。"

尼可似乎一下子恢复了力量，从萨哈怀里站起来，举着炼乳，向我表示感谢。

萨哈看到我态度坚决，便不作声，愧疚地闭上了嘴。

萨哈推着我回到车上，继续前行。为了把刚才耽误的时间抢回来，他把车开到最快。

也许为了缓解刚才的尴尬，萨哈主动跟我聊老郭："去年，郭医生，也就是老郭，给尼可的祖母做过白内障摘除手术，使她瞎了十五年的眼睛重见光明。我的两个儿子患脑膜炎，都快死了，也是老郭治好的。尼可祖母对老郭感恩戴德，视他为儿子。上个月，她沿着这条公路，一个人走了十二天——穿越大荒原，路上差点儿被饿狼和野狗吃了。她是要去见老郭的。她说，十二天前的夜里她做了一个梦，梦见老郭被七只萨赫勒荒原恶魔缠住了，她看到老郭很难受、很危险，惊醒过来，从床上翻身下地，二话不说，谁也没有告诉，披着星光和夜色就出发了。她是来解救自己的儿子老郭的，她要带他去除魔。那时候老郭的身体没有什么问题，只是经常超负荷工作，有点儿疲倦而已。

"老郭不相信这些乱七八糟的东西，况且，他哪有时间去做无聊的事情？他太忙了。任凭老太太怎么说，他都无动于衷，坚决不肯跟老太太走。老太太蹲在手术室门外哭。老郭安慰她说：'我没事，身体好得很，你不要把眼睛哭坏了，眼睛坏了便看不见那些恶魔了，它们就不怕你了。

"老太太听老郭劝，不哭了。她在驻地纠缠了大半天，大家都有些不耐烦，我也快要跟她吵起来了。最后，不知道老太太是什么时候离开驻地的。她回去后便病倒了。尼可说她快不行了。"

我听说过，中国援非医疗队工作量很大，经常超负荷工作，生活环境恶劣，营养跟不上，常常有医生累倒在岗位上。萨哈说，老太太离开驻地后不久，老郭就出事了。那些天他每天要做两三台手术，经常连续工作十七八个小时，本来他身体就比较瘦弱，终于扛不住了。那天刚给一个病人做完手术，他就昏倒在手术台前……

太阳早已西斜，我看见地平线上的霞光。但我的视线模糊不清，因为泪水不知道什么时候溢了出来。

萨哈突然把车停了下来，质问我："你认识老郭，对不对？如果你不说实话，我就把你扔在这里喂狼。"

我怔怔地看着萨哈，他是认真的。

我只好说："他是我的博士生导师。"

"你为什么要对我隐瞒实情？"萨哈说。

"老郭也对你们隐瞒了实情。他有心脏病，医学上比较罕见的心脏病，很危险，若过劳很容易猝死。除了他，这个秘密只有我知道，他要我替他隐瞒。他说哪怕他死了，也要替他隐瞒。"

我哭了。老郭是我的恩师。平时他一副玩世不恭的样子，但他是市内顶尖的医学权威，一说到医学，他比谁都严肃，对细节的要求比谁都严苛。我们经常为学术上的事情争论不休。虽然我的业务能力在有着三百多名医生的单位里只输给他一个人，但他没少当众批评我。在工作中我也没少顶撞他，同事们都说我和他是冤家师生，可是我内心对他无比崇敬。

"我怕把老郭的秘密说出去，所以干脆说不认识他，这样你们就不会向我打听了。"我说。

我没有替老郭隐瞒秘密，有些自责。但把秘密说出来，我心里很舒坦。

车子朝着太阳滑落的方向飞驰。几只乌鸦盘旋在车的上空，不断发出饥饿的喊叫，不像在保驾护航。

我突然想起刚才尼可脸发烫、身子发抖。我那时以为他是在烈日下晒了很久，饥渴到了极点才那样的，但职业的直觉和敏感让我醒悟过来，我猛叫了一声:"停车!"

萨哈猛然刹住车,疑惑地看着我。

我说:"掉头!"

"为什么?"萨哈对我命令式的语气有点儿不满。

"我们回去看看尼可。"我说,"我怀疑他患上了疟疾。"

萨哈没有马上掉转车头,脸上也没有震惊和焦急之色。

"疟疾很危险,会死人的。"我说。我第一次到非洲,经验还是不足,敏感性也不够,我为刚才自己的疏忽大意感到羞愧。如果老郭在,他肯定会把我骂得狗血淋头。

萨哈重新启动车子。但他没有掉头,而是继续往前开。

"我知道尼可很危险。经验告诉我,他就是患病了。但天黑之前我们必须赶到津德尔驻地!这里到处都有疾病,每天都有人死去。在死亡面前人人都是平等的,连老郭也不能例外。你已经送给他一罐炼乳,这对其他人已经不公平。你看看这个大荒原,每一棵树、每一株草,都忍受着饥渴,每年都要枯死一次。你拿着几瓶水去救几株草,但救不了整个大荒原。用不着担心,到了明年春天,荒原上的一切又会重生。"

也许他见过太多的死亡,所以不再惊讶和悲伤。

我乞求萨哈:"掉头吧,救救尼可。"

萨哈不为所动,淡淡地对我说:"老郭,你们中国医疗队,已经救了我的两个儿子,治好了我的老母亲,如果我再耽误你赶往驻地救治其他病人,村里人会说我替你们开车是为了谋私利、得好处。我宁愿死也不能那样做!日落之前我们必须赶到驻地,他们等着药物救人。"

日落时分,荒原更显苍茫。天色慢慢暗淡下来。我忍不住回头看,但飞扬的尘土遮住了一切。

地平线在遥远的前方,太阳朝着地平线缓缓下坠。我们很快便要到大荒原的尽头了。

我如坐针毡，几次想推开车门跳下去，但车速越来越快，车子像要飞起来。我狠狠地瞪了几眼萨哈，最后一次瞪他时，意外地发现他已经泪流满面，泪水重重砸在方向盘上。我一下子瘫在座椅上。

夜幕降临前，我们终于穿越萨赫勒大荒原。抵达津德尔驻地时，已是繁星满天，月牙挂在头顶。

到了津德尔驻地的第二天，我便接替老郭开展工作。病人非常多，我跟同事们每天要救治不少人。我的手术水平得到同事和病人的认可，他们说我不愧是老郭的学生，这让我很高兴。但我时不时地想起尼可。他本应是我到非洲后第一个救治的病人，我不知道他现在怎么样了。萨哈经常外出，大约两周之后，我才再次见到他。

我自然而然地问起尼可的情况。但他对尼可避而不谈，只说起尼可的祖母。

"当天晚上，她喝了一口尼可带回去的炼乳，半夜里便去世了。"萨哈说，"她说她喝到了世界上最好的东西，肯定是她的儿子老郭带给她的，圆满了，可以满嘴乳香去见祖先了。"

"但是，请你不要见怪。"萨哈不好意思地告诉我，"尼可欺骗他祖母说，炼乳就是郭医生送的。"

我耸耸肩，向萨哈表示我并不在意。但我向萨哈提了一个要求：再次穿越萨赫勒荒原时，我想顺便到萨哈老家的村子里看看。

萨哈沉吟了一会儿才答应我："等到我们先人的魂灵聚集时，你也许能看到尼可的祖母。"

我很期待。到那时候，我真的希望还能见到尼可。

（摘自《读者》2021年第18期）

春风送网

简　嫃

　　真正的自由是在无所依傍之时，发现无路而处处是路。

　　路，交错纵横于人世，像川流罗织在大地上。每一条似乎各自源起而不相涉，却无不归心于海。

　　有的发源丰沛，一路汇成怒江，拍岸拔树，卷起乱石，以不可抵挡的气势冲入海的殿堂。

　　有的生来瘦骨，沿路推敲岩石之出处，提防过多汲水的木桶，又不免误入沟渠，困在方寸田地，让饥渴的根须吮吸。侥幸残喘而终于抵达入海口，却缺乏一场天外的沛雨帮助它推移，遂逐渐萎弱，成了蚊蚋滋生的浅洼，被杂草淹没了。

　　人的命运亦如此。

　　能得天地人事之助而顺溜地过完一生的，几乎不曾听过，过于一帆风顺的人似乎也有他们该抱怨的份儿，太多的保护使得他们缺乏机会踏出深宅大院去探寻天以外的天、山外更远的山；他们走的康庄大道固然平坦，却也失去了奇花异草的幽径。他们难道不应有怨？

那些睁眼即必须奔波的人，走的是密布荒烟蔓草之路，内心的凄怆、低回，日复一日地结成一枚苦果，既无处倾吐，又难以下咽。然而，绝路必须心转才能逢春，能在一生里见识一场烈雨、邂逅一处险崖，毕竟是难得的眼界。怨嗟路之崎岖，不如收割路的幽深。

人的不自由出于贪，贪而生怨，行路之中哪能快活？人习惯在自己的路上觊觎另一条路上的风景，所以自己路上的景色不能愉悦自己，反而变成了对照之下难堪的草莽。如果真能易路而行，恐怕又会旧伤复发，深深怀念起前路的好。

能"行到水穷处，坐看云起时"的人才算得上自由。这不是路的缘故，而是心路决定的。

逐浪摆舟的渔人也许最能体悟路的曲折。一旦上了船，恩怨欢喜都留在陆地。撒网的人负担不起太多包袱，船上也无须摆设太多希望。江湖中的鱼群不可胜数，我只能打一网；一网的鱼亦不计其数，我只能载满一船。江湖潮汐是路，船是足，一天得一次渔获，给路与足留了余地。明天有明天的潮汐、明天的鱼。

就算在惊涛骇浪的天气里，无法出船，渔人不走水路，仍有陆路，在屋里牵丝补网，等风雨闹够了脾气再上船。没有一座山永远在崩裂，没有江泽永远翻浪，它们总会安静下来，把路还给人。渔人跟水打交道，也是全凭心路功夫。

万顷碧波或莽莽丛林，埋藏在路中的自由是等量的。春风宅心仁厚，给樵夫送凉,给渔人送网,不同的是:有人行路迟迟,因为离家愈远;有人衷心欢喜,因为距离家园愈来愈近。

(摘自《读者》2018年第9期)

敦煌的女儿

陈 娟

1962年初,报告文学《祁连山下》在《人民文学》上发表。故事的主人公叫尚达,在巴黎学了10年油画,偶然在塞纳河畔的旧书摊上看到一部名为《敦煌石窟图录》的画册,为之震撼,之后毅然回国,奔赴敦煌,投身莫高窟的保护、临摹和研究,历经妻离子散、家破人亡,一直守在那里。尚达的原型就是常书鸿先生,1943年到敦煌,次年创办敦煌艺术研究所。当时,正在北京大学历史系考古专业读大三的樊锦诗一口气读完了这个故事,被先生对艺术的忠诚、对事业的执着深深打动,也对敦煌充满向往。

那年8月,樊锦诗愿望成真——系里安排她去敦煌实习。这是她第一次去敦煌,一路上都在畅想,想象风度翩翩的常书鸿先生,想象如世外桃源般的敦煌。可一下车就傻了眼,眼前的常先生穿一身洗旧了的"干部服"，一双布鞋，戴一副眼镜，"一个鼎鼎大名的艺术家怎会这么土！"那里的生活更是想象不到的艰苦，住破庙泥屋，没电没水，上个厕所都要跑很远。

唯一令人欣慰的是，洞窟里那些壁画和彩塑。整整一个星期，人称"活字典"的史苇湘先生带着他们几个北大学生，攀缘着被积沙掩埋的崖壁，一个洞窟一个洞窟地看过去。从北魏、北凉，到隋唐的山水、人物、建筑，从伏羲、女娲到力士、飞天。樊锦诗至今还记得第一次进洞窟时的情景，"洞中的温度远比我想象的要低，我感到一股刺骨的寒气从地层蔓延上来。然而看着洞窟四壁色彩斑斓的壁画，我就忘记了寒冷"。那一年，她24岁，是一个朝气蓬勃、对未来充满遐想的青年学子。

没有料到，正是这次实习改变了她的命运——此后的人生都与敦煌连在一起。第二年，樊锦诗毕业，被分配到敦煌工作。当时的她虽有些不情愿，但还是背起大包，戴着草帽，坐火车、转汽车，历经三天三夜，回到敦煌。这一去就再也没有离开。

一晃50多年过去，樊锦诗依然是初到敦煌时的短发，只是青丝变华发。在自传《我心归处是敦煌：樊锦诗自述》的发布会上，她一出现就被人团团围住，瘦小的身躯被淹没在人群中，只能偶尔飘出一两句话语，有些粗有些硬，明显被西北风沙打磨过。轮到她发言，她躬着背走上台，一开场就说："我的经历很简单，出生在北京，上海长大，北大求学，到敦煌工作。"之后的故事，便是她与敦煌大半生的纠葛。

常书鸿点名就要樊锦诗

敦煌研究院是一片灰色平房，两层楼高，孤零零地矗立在戈壁滩上。

它与莫高窟隔着一条宕泉河，宕泉河畔有一片墓地，安葬着常书鸿、段文杰等莫高窟人。每天下午5时20分，最后一班旅游车载着游客离开莫高窟。除了研究院，方圆20里内就没有人烟了。

几乎每一个敦煌研究院的工作人员，都会被人问一个同样的问题：当初为何选择来偏远而荒凉的敦煌？

"那还有啥可说的呢？一个有事业心和责任感的女大学生，碰上一个思想纯粹的年代，最终的结果就是扛起铺盖卷儿，义无反顾地上路。"樊锦诗对《环球人物》记者说。其实最初敦煌并不是她的理想选择，自己只是服从分配——1963年，她从北大毕业那一年，时任敦煌艺术研究所所长的常书鸿向北大考古系申请推荐毕业生到敦煌工作，点名就要樊锦诗。

毕业分配结果宣布时，樊锦诗犹豫不决。"1962年的那次实习，给我留下了心理阴影。"她说。敦煌昼夜温差大，气候干燥，她从小在上海长大，根本无法适应。"严重的水土不服，加上营养跟不上，我几乎每天晚上都失眠，经常到三四点钟就醒了。"还有一次半夜房顶掉老鼠，把她吓个半死，暗暗发誓："这地方我再也不来了……"

但真正面临抉择时，樊锦诗又和许多年轻的大学生一样，天真而坚定——只要是国家需要，就愿意无条件地服从。"我转念一想，说不定这就是天意。作为一个考古学生，其实在潜意识里，我还是非常喜欢敦煌的。"

樊锦诗念念不忘的是敦煌那些美丽的壁画和造像。"这些洞窟最初是谁建的？壁画是什么人画的？她又是怎样湮没在了历史的记忆中……都在向我传递着一种强烈的信息，这里充满着奥秘，我想要去探究它的谜底。"

支撑樊锦诗去敦煌的，还有一个美好的希望——学校承诺，三四年后会分配新的考古专业毕业生来敦煌，她就可以离开，去武汉和爱人彭金章团聚。彭金章是他们班的生活委员，在学校时对樊锦诗格外照顾，给她占座，送她手绢、家乡土特产，一来二去两人确定恋爱关系。毕业分配，彭金章的去向是武汉大学。分别时，樊锦诗对他说："很快，也就三四年。"谁也没想到，这一分就是23年。直到1986年，彭金章调到敦煌研究院，夫妇二人都在敦煌扎下了根。

毕业离校前，发生了一件令樊锦诗难忘的事。

有一天，苏秉琦先生突然派人找她，将她叫到在北大朗润园的住处。苏先生当时任北大历史学系考古教研室主任，是与夏鼐先生齐名的考古学界泰斗。一进门，樊锦诗忐忑不安，苏先生给她冲了一杯咖啡，说："你去的是敦煌。将来你要编写考古报告，这是考古的重要事情，必须得好好搞。"

在那一刻，她意识到自己身上的重任——完成对敦煌石窟的考古研究。

"我有好几次想离开敦煌"

樊锦诗很小的时候就对考古充满遐想，这和父亲有很大关联。

父亲毕业于清华大学，是个工程师，虽学的是理工科，但热爱古典艺术和文化，从小给孩子们讲历史故事，教他们背《古文观止》。受父亲影响，樊锦诗中学时就常常逛博物馆，看文物学历史，知道许多精美文物都是经过考古发掘出土的。1958年，她考上北大历史系，偶然听到学长们讲考古，觉得很神秘，"能够饱读诗书，还能游遍名山大川，这自然是天底下最有意思的事了"。于是，她就成了一名考古专业的学生。

当时，北大考古专业是新中国首个考古专业，云集了一批顶尖的历史学家、考古学家，如周一良、田余庆、苏秉琦、宿白等先生。宿白先生是樊锦诗的授业老师，也是对她人生影响极大的一位先生。

宿白毕业于北大历史系，是中国历史时期考古学学科体系的开创者。他做学问很认真，有一次，期末提交论文，樊锦诗本打算随便写一写，交差了事。没想到先生逐页批阅，一条一条意见清清楚楚地写在一张台历纸上，然后拿给她说："你回去好好修改吧。"樊锦诗很羞愧，此后做学问、做人做事，都认认真真、脚踏实地。

到研究所后，樊锦诗牢记苏秉琦先生和宿白先生的嘱托，第一项工作就是和其他几位同事一起撰写敦煌第一部考古调查报告。她加入"面壁者"的队伍中去，每天睁开眼就往洞窟里钻，跟着先生们爬"蜈蚣梯"——一根绳子直上直下吊着，沿绳一左一右插着脚蹬子。每次爬她都心惊胆战，在梯子上左摇右晃。

"我把所有时间和精力全部倾注在洞窟里。"樊锦诗说。刚到敦煌，一不工作她就胡思乱想，想上海、想北京、想爱人，有一种巨大的孤独感和失落感，"这种失落一直会把我拽向忧郁的深渊，有好几次都想离开"。

为了抗拒这个深渊，她学着遗忘，将姐姐送的小镜子藏起来，不再每天照镜子。她渐渐习惯了宿舍没有地板的泥地，习惯用报纸糊起来的天花板，习惯了半夜里老鼠掉在枕头上，然后爬起来掸掸土，若无其事继续睡。第二天只要一走进石窟，所有的孤独和不快全都忘了。"慢慢地离不开敦煌，安下心来，心无旁骛地守护它。"

3年后，考古报告草稿初成，但"文革"来了，研究工作被迫中断。直到20世纪80年代后期，编写石窟考古报告工作才又提上日程，只是限于技术人员的缺乏，始终难有推进。1998年，樊锦诗从前任院长段文杰手中接过重担，成为敦煌研究院第三任院长，如此一来行政工作又占去了她大部分时间。

没时间搞专业，樊锦诗就想办法一点一点挤。2000年前后，她拿着考古报告的部分草稿给宿白先生看，先生直截了当地问她："你怎么现在才想起写考古报告？你是为了树碑立传吧？"听了老师的话，她哭笑不得，内心很委屈。先生这么说是有原因的，因为那段时间他经常在电视里看到樊锦诗。他是在提醒樊锦诗：不要老在电视里晃来晃去，要专心致志于自己的考古研究。

樊锦诗被先生"敲"醒了，再把心思收回到考古上。经过多年反复探讨、研究、修改，2011年，终于完成并出版《敦煌石窟全集》第一卷《莫高窟第266—275窟考古报告》。"也算了却了一桩心愿，但只是开了一个头。敦煌一共735座洞窟，更繁重漫长的工作还在后头。"

让敦煌消失得慢一点

735座洞窟，樊锦诗能说出每一尊佛像的来历、每一幅壁画的年代、每一个石窟需要修复的问题。"每一个洞窟都有病。"她说，所以保护是一个永恒的主题。

"文革"十年动乱结束不久，樊锦诗被任命为敦煌研究所副所长。上任不久，她就开始做莫高窟的"科学记录档案"——为每一个窟编制一本档案，包括平面图、剖面图以及照片、文字等详细信息。

做档案的过程中，需要查找过去的老资料。敦煌最早的照片，来自1907年的冒险家斯坦因，以及后来的伯希和等。20世纪五六十年代，敦煌研究院也留下了数万张照片。两下一对比，樊锦诗吃了一惊，"同样的洞窟、同样的文物的照片，现在见到的彩塑和壁画等，或退化，或模糊，或丢失"。那一刻，她发现了敦煌的脆弱、易逝，"那些怀抱琵琶的飞天和斑斓的佛国世界，迟早会消失。人类所能做的，只不过是让消失的过程慢一点"。

有一阵子,樊锦诗总在做梦,梦到墙体上的壁画一块块地剥落,"难道我们就眼睁睁地看着世界上独一无二的敦煌石窟艺术逐渐消亡吗?"问题一直萦绕着她,走路吃饭睡觉都在琢磨,但总也无解。

到了20世纪80年代末,樊锦诗到北京出差,一个偶然的机会,有人在电脑上给她展示图片。她忍不住就问:"那你关机后,刚才显示的图片不就没了吗?"对方回答:"不会!因为转化成数字图像后,它就可以永远保存下去。"她茅塞顿开:壁画也可以数字化保存。

后来,这一构想得到甘肃省科委的支持,敦煌研究院在文物界首先开始了壁画数字化的试验。"尽管我们在山沟里,但我们从来都是开拓进取,不墨守成规的。"

此后,敦煌便行走在数字化的道路上。1993年,敦煌研究院开始尝试用计算机技术重组壁画信息;2006年,敦煌研究院数字中心成立,专门从事研发石窟文物数字化;2014年,莫高窟数字展示中心建成,游客可以在这里观看球幕电影,了解莫高窟的前世今生。

这些年,越来越多的游客被莫高窟的神秘和美丽吸引。随之而来的是,它也被裹挟到旅游开发的大潮中,遇到了市场开发和保护的矛盾。

1998年,樊锦诗接任院长不久,就遇到一件棘手的事:当时,全国掀起"打造跨地区旅游上市公司"热潮,有关部门要将莫高窟捆绑上市。"敦煌是国家的遗产、人类的遗产,决不能拿去做买卖。"为此,她四处奔走,甚至对当时的相关主管部门领导说:如果敦煌也捆绑上市,文物局就关门吧,我这个院长的帽子也不要了。就这样,她硬是把压力顶了回去。

"担子交到我身上是很重的,我知道自己的能力和分量,但是我不能退缩。"时至今日,再谈起当年,樊锦诗仍很坚决,"敦煌研究要做什么?

就是完整、真实地保护她的信息，把她的价值传给子孙后代。如果没好好挖掘文物的价值就让企业来开发，那我就是罪人。"

"要不是敦煌，人家知道我是谁"

在敦煌坚守近60年，樊锦诗觉得自己最对不住的就是丈夫和孩子。

1968年，她生下大儿子，产假一休完就上班。孩子没人看，只好把他捆在襁褓里，临走之前喂饱，中途再回来喂一次奶。有一次，她下班回宿舍，发现孩子从床上滚了下来，脸上沾满了地上的煤渣，心疼得直哭。最终，她和彭金章一商量，把孩子送到丈夫河北老家的姐姐那里。后来，老二也由这个姑姑带大。

一家四口真正团聚，是在彭金章调到敦煌后。樊锦诗忙于工作，照顾孩子的重担就落在了丈夫身上。"我能守在敦煌，离不开老彭的理解和支持。"樊锦诗说。

当年，她一头扑在敦煌考古时，彭金章也肩负重任，在武汉大学创立了考古系。两人面临的现实问题是：谁去谁那里？一场旷日持久的"拉锯战"开始了——武汉大学到敦煌要人三次，敦煌"以礼相待"，也到武汉大学要人三次。结果双方"不欢而散"。后来，还是彭金章妥协，做起了"敦煌女婿"。

彭金章来到敦煌后，研究所就交给他两块"硬骨头"，其中之一是研究被当时学术界称为"敦煌荒漠"的北区洞窟。"洞窟积尘都是成百上千年形成的，发掘完一个洞窟后，他就成了泥人，眉毛和眼睛都是灰土，口罩一天换几个，都是黑的。"樊锦诗回忆。8年里，彭金章用筛子几乎筛遍了北区的每一寸沙土，挖掘出大量珍贵文物，证实完整的莫高窟石窟寺院由南北石窟共同构成，从而使有编号记录的洞窟由492个增至735个。

樊锦诗今年82岁了，仍住在莫高窟，做研究、撰写考古报告，只是身边没有了爱人彭金章——2017年他因病去世。

她一生不喜名誉，谈及个人成就，她说"要不是敦煌，人家知道我是谁？那不是我的荣誉，那是敦煌的荣誉。"她也不追逐物质和金钱，生活简朴，可以称得上是"抠门"。任院长时，她每次出差尽可能独自一人，为的是省差旅费。而且只要去北京出差，就住在景山公园后的一个地下室招待所，连那里的服务员都认识她，称她是"住在地下室里级别最高的名人"。

在敦煌，每当苦闷和烦恼时，樊锦诗都喜欢去第158窟看一看。第158窟内的佛床上，卧着莫高窟最大的释迦牟尼佛涅槃像。卧佛像头向南，足向北，右胁而卧，面向东。1200多年来，始终从容不迫、宁静坦然地面对着朝圣者。一走进这里，她的心就格外宁静，有一种回家的感觉。"如果此生找不到自己心灵安顿的地方，如果心灵一直在流放的路上，就犹如生活在漫漫长夜中。敦煌就是我心之归处。"

（摘自《读者·庆祝中国共产党成立100周年特刊》）

她在边境刻"中国"

雷册渊

这里是"中国西极"——新疆维吾尔自治区克孜勒苏柯尔克孜自治州（简称"克州"）乌恰县吉根乡。60年来，布茹玛汗·毛勒朵义务守护边境，在数万块石头上刻下"中国"二字。

有人说："在这里，每一座毡房都是一个流动的哨所，每一个牧民都是一座活的界碑。"

1

在中国2.2万多公里的陆地边境线中，新疆占了1/4，其中，最西一段的1195公里位于克州境内。在这段曲折边境线的褶皱深处，有一个并不起眼的点——冬古拉玛。它是克州250多个通外山口之一，是帕米尔高原上通往吉尔吉斯斯坦的一处边防要隘。

1942年,布茹玛汗出生在克州乌恰县吉根乡一个贫苦的牧民家庭。新疆解放后,脚下的这片土地终于有了庇护,日子一天天好了起来。父亲总对她说:"身后这片土地是我们的祖国、我们的家乡,无论发生什么事,都不能把自己的家守小了。"

她始终记得父亲的叮咛:"你的身后是中国。"出嫁后,布茹玛汗和丈夫来到冬古拉玛山口,一边放牧,一边义务巡边、护边——防止人畜越界,同时为边防部队指路并提供生活帮助。

那一年,布茹玛汗一家被一场暴雨后的大洪水围困在一块高地上,水退后他们才得以逃生。劫后余生的布茹玛汗心想:如果我们死了,新来的人又怎么知道哪儿才是中国呢?

于是,不识字的布茹玛汗向人请教,学会了柯语和汉语"中国"的写法。每次放牧时,她就在石头上刻下"中国"二字。

"小的石头怕被风吹走,刻好字后还要用其他石头固定。"布茹玛汗说,"最开始没有工具,只能用尖石头刻,一天刻一块。遇到风雪天,手伸出来一会儿就冻僵了,要放进怀里焐一焐才能继续刻。后来有了铁锤和钉子,就能刻得快些,一天能刻好几块。"

60年过去,如今,在冬古拉玛山口的边境线上,到处是刻着"中国"二字的石头,连布茹玛汗自己也说不清到底刻了多少块。

有人给布茹玛汗算了一笔账:她每天在冬古拉玛山口上走一趟,至少20公里,保守计算,这些年她至少走了几十万公里。边境线上的一草一木都刻进了布茹玛汗心里,她不止一次说:"我熟悉冬古拉玛山口的石头,就像熟悉自家抽屉里的东西。"

1986年7月的一天,布茹玛汗像往常一样放牧巡边,发现一块界碑似乎被人动了手脚。她用棍子反复丈量界碑与自己所刻的一块"中国石"之间的距离，确认界碑位置不对。她立刻赶回家中，跨上马背，一路奔驰60多公里，赶到边防哨所报告。

后来，经过仔细勘察，我方确定，界碑确实被人向我国境内移动过。经过协商交涉，界碑又回到它原来的位置。

2019年，中华人民共和国成立70周年，布茹玛汗·毛勒朵被授予"人民楷模"国家荣誉称号。她说，自己没读过书，没做过什么惊天动地的事，但中国在心中。

2

麦尔干·托依齐拜克是布茹玛汗的二儿子。小时候，麦尔干不理解，妈妈为什么把他们留在家里，自己却跑去巡边、护边；除了管好自家的牛羊，妈妈为什么还要阻止邻居家的牲畜去山那边吃草。慢慢地，他似乎懂了。"每次上山，我们都能看见妈妈在石头上刻'中国'。这两个字看得多了，祖国和家乡的意识也渐渐在我们脑海中生根。"

冬古拉玛山口海拔4290米，地形崎岖险峻，天气变化无常，即使在夏天，夜里的气温也会降到零摄氏度以下。一年的大部分时间里，刺骨寒冷的狂风一场接着一场，把鸡蛋大的石头吹得满地乱跑。人在山梁上巡逻时，必须手脚并用，一边走一边抓住身边的荆条，稍有闪失，就会被风掀下山去……

这里是边防连官兵巡逻的最后一站，战士们走到这里时，往往已人困马乏、给养耗尽。布茹玛汗总会算好每月战士们抵达的时间，提前为他们准备好干粮和奶茶。

麦尔干还记得，自己16岁时的那个秋天，暴雨来得毫无征兆。那天直到天黑，原本预计当天抵达的8名边防官兵还迟迟不见踪迹。

布茹玛汗焦急万分，眼看情况不妙，她和麦尔干把馕和奶茶揣进怀里，披上塑料布冲进冰冷的暴风雨中。

母子二人深一脚浅一脚地向前摸索，几次差点儿滑下山崖。最后，他们俩在一处废弃羊圈里，找到了被困的战士。那时已是凌晨。

战士们看到布茹玛汗和麦尔干，真是又惊又喜。等他们接过二人怀中的食物时才发现，布茹玛汗已经冻得嘴唇发紫，无法站立。

还有一次，战士罗齐辉在雪地巡逻时被马掀翻，头撞到树干，失去了知觉。战友们发现他时，他的双脚已经严重冻伤。他们立刻抬起罗齐辉往不远处的布茹玛汗家赶。

看着罗齐辉冻得青紫的双脚，布茹玛汗心疼得红了眼圈。她一边把罗齐辉的双脚揣在怀里取暖，一边让麦尔干赶紧去杀羊——多年高寒山区的生活经验告诉她，若不及时将战士冻伤的双脚放进热羊血中浸泡，他的脚很可能就保不住了。

很快，热羊血端来了，布茹玛汗把罗齐辉的双脚放进去轻轻揉搓，之后又放入掏空内脏的羊肚里热敷。渐渐地，罗齐辉的双脚恢复了血色和知觉……

3

两年前，布茹玛汗的双膝做了骨刺手术，虽然恢复了行动能力，却已离不开拐杖。即使这样，她还是常常让麦尔干带她去山口看看。在布茹玛汗的影响下，她的5个孩子都成了义务护边员。

多年来，布茹玛汗义务护边的事迹在西陲高原上传颂，越来越多的牧民在放牧时主动承担起义务巡边、护边的任务。

27岁的古力司坦·库尔曼白克从吉根乡考入武汉大学，又回到家乡，成为一名义务护边员。在那个山口，他和同伴学着布茹玛汗的样子，刻了一块"中国石"，用油漆描了红。他们还种了几棵树，省下洗脸水浇灌它们，第二年竟然真的发了嫩芽……

"执勤房门口有绿树、有'中国石'，天气好的时候，能看见丰茂的牧草和满山的牛羊。守在那里，真的就像守护着自己的家。"在褐黄色的群山和皑皑白雪之间，最鲜艳的是房子周围的国旗。这里，是中国境内最后一缕阳光照射的地方。

（摘自《读者》2021年第15期）

外婆家，外公家

啤 桃

在我9岁以前，外婆家还是外婆家。9岁以后，外婆家变成了外公家。原因很简单，外婆走了。每一个人都努力地在口头禅中抹去"去外婆家"的痕迹，于是变成了"去外公家吃西瓜吧""今晚到外公家聚聚啊"。外婆刚走那两年，大家时不时还会顺嘴说错，就像每次跨年后在日记本上打开新的一页时，我总是习惯性地写成上一年的日期，又马上反应过来划掉。

"外婆"成了生活里的过去式，也被划掉了。

我不敢提起外婆，怕妈妈伤心；妈妈不敢提起外婆，怕外公和姨妈们伤心。每一年我们都需要辞旧迎新，但总有一些"旧"，我希望它一直在那儿。

有一段时间我总在想，对大多数人而言，当外公和外婆都健在时，为什么我们还是更喜欢用"外婆家"来指代？叶佳修写的是《外婆的澎湖湾》，周杰伦的《简单爱》里唱的词是"我想带你回我的外婆家看看"，大学时我很爱吃的那家连锁杭帮菜，也叫"外婆家"。

后来我明白了，"外婆家"和"外公家"是不一样的。虽然在物理空间上，两者指向同一处地域、同一栋老宅，但是"外婆家"就是不一样。

外婆家到了饭点，总有人喊我们："小猴子们快下楼来吃饭啦！"外公家到了饭点，舅妈喊我们："快去辉叔家把你们外公喊回来，他打牌打得又忘记吃饭了。"

外婆家的客厅永远有充足的花生、瓜子和新鲜的小柑橘，我爱吃的山楂片和凤梨酥；外公家的茶几上有抽不完的水烟烟草，泡不完的铁观音茶叶。

外婆家的柴房顶上总有白猫跳过，柴门后放着外婆留给它和小猫们的晚餐；外公家不再有大猫或小猫光顾，外公举着大扫帚喊："昨晚我在杂物房里看见好肥一只大老鼠！"

外婆家的出行工具是三轮车，外婆蹬着它，带我和小板凳一起去市场，又载着我、小板凳和买的菜一起回家，一边蹬车一边说："今晚吃溪妹妹最爱的鱼丸。"外公家的出行工具是"哼哧哼哧"的老式摩托车，前面装着大大的油瓶，刚好还能放下外公的脚，后面的座位大概只有一块砖头那么大，还是硬硬的金属板。我们嫌它太硌屁股，外公不好意思地，露出缺了一颗牙的笑容。

外婆家的枕头有香香的阳光味，蓝色碎花枕套里装着每年新鲜采下的"阳光叶"。细细长长的树叶子，被晒得松脆又清香。夜里睡得闷热时翻个身，耳畔便响起风摇动树叶般的声音，沙沙沙沙，叶子们唱起晒太阳时的歌。

外公家的枕头是硬邦邦的竹枕，蜂蜜色的小方块棋盘般排列好，像整齐的牙齿。等你睡着时，它便悄悄张开嘴咬牙切齿，一口夹住你的头发丝，所以每次起床时都必须向它上缴几根头发。

外婆的照片，被高高地摆放在大门正对着的八仙桌上方，和挂钟一样高。

外公从来没说过想念外婆。但他每天早上起来的第一件事，就是搬来木梯，爬上去，在神龛里点上三炷香，稳稳地插在照片前，再轻轻擦去镜框上的灰尘。

那时候的我觉得外公就像动画片里的机械表。一到早上起床的时候，他就像那只一到整点便从挂钟里准时弹出的小鸟一样，敬业而忠诚地搬来木梯，完成他一天的仪式。只是，外公和久未保养的机械表一样，渐渐变慢。外公的腰越来越弯，爬上去再爬下来所用的时间也越来越长。

后来，大家不让外公上去了。听完女儿们的决定，外公站在一旁沉着脸，不说话。满满弟弟突然说："以后我上去吧。"外公的眼睛亮了起来，满满弟弟就这么接替了外公的"职位"。外婆走的那年，满满弟弟才6岁。今年他18岁了，长得比外公、比舅舅都高。

老宅也迎来了新的脚步声、哭声和笑声。外婆走后的第6年，小姨又怀孕了，在我中考完的那个暑假，诞下了一位哭声响亮、眼睛大大的糖妹妹。老宅的客厅里不再只有抗日剧的寂寞声音，糖妹妹在沙发上爬着，在茶几前跳舞，挥摆着肉肉的小手。她坐在外公腿上摸他硬硬的灰色胡子，把外公逗得哈哈大笑。

我们都舍不得把目光从糖妹妹身上移走。她走到哪里，我们一大群人就像跟屁虫一样跟到哪里。外公把他那辆已经老得喘不上气的"硌屁股"摩托车，换成了平稳舒服的小电驴，每天去幼儿园接糖妹妹放学。

糖妹妹没有见过外婆，但她一定知道外婆很爱她。因为她最爱来外公家；因为外公家的每一个人，都很爱她；因为在很久以前，外公家也是我们最爱的外婆家。

（摘自《读者》2021年第20期）

乞力马扎罗的挑夫

赵 珺

不少人都是因为海明威的小说而第一次听说了乞力马扎罗山，它位于非洲的坦桑尼亚，虽号称"非洲屋脊"，但因为临近赤道，气候宜人，雪线非常高，也比较容易攀爬。现在，每年有超过2.5万名登山客慕名在山脚下集结，挑战登顶的梦想。

攀登乞力马扎罗山的人均费用超过1.3万元人民币，不是一笔小开销。虽说攀爬难度不大，但挑战它并不是一件容易的事情。2017年，先后有两名中国登山者因高原反应命丧途中，这无疑为登山增添了一些冒险的意味。

约上同伴，订好机票，购置登山装备，通过朋友介绍，我认识了此行的主向导亚力克斯。坦桑尼亚政府规定，进入乞力马扎罗山国家公园必须有当地专业向导带领，物资也不能用骡子等牲口运输，全靠挑夫背上去。

到达山脚小镇莫西后，我才知道当地登山协作队伍已经成了一条产业链，其高标准服务也在登山界享有盛誉。向导、厨师和挑夫，都是登山活动能否顺利进行的关键保障。

我和同伴在7条攀登线路中选择了6天5夜的俗称"威士忌"的路线，需要全程露营，但登顶概率较大。来到起点后，看到不少当地的年轻人聚集在此，他们都是前来寻找工作机会的挑夫。根据登山人数、行李和装备重量，我们最终确定配备两名向导、一名厨师以及9个挑夫。

我一度觉得很惊讶，我们俩的个人物资加起来不到30公斤，为什么需要9个挑夫？亚力克斯解释，登山客和整个团队登山期间的所有物品，包括帐篷、食物、桌椅，甚至液化气罐，都需要挑夫背上山。同时，为了保护环境，除了剩饭、果皮等有机垃圾可以扔在山上，其他垃圾必须带下山。加上前些年屡次出现挑夫安全事故，国家公园严格规定，每名挑夫的负载量不能超过20公斤，因此两个人变成了14个人的大团队。

没有真正爬过乞力马扎罗山，没有经历过缺氧、晕眩和恶心等一系列反应的话，很难体会到挑夫的必要性和重要性。每天，他们需要清早起床，服务登山客洗漱和吃早餐。在我们轻装出发后，挑夫们则要收拾好帐篷、锅碗瓢盆、桌椅板凳，负载着行李和登山客的装备出发。登山过程中，为了赶在我们前面到达营地、支好帐篷、准备食物，他们会顶着大包小包快步攀爬甚至奔跑，满头大汗也不能停下。为了精简行李，他们晚上都挤在一顶小帐篷里休息。

这些挑夫往往是当地最贫穷的青壮年，其中有的人甚至没有一双合脚的登山鞋，更不用说诸如登山杖之类的辅助登山装备。如果把登山活动看作一条经济链，他们是位于最底端的一层，是最苦、最累却赚得最少的群体。

以我们6天的攀登行程为例，他们大约可以得到400元人民币的报酬，加上登山客们或多或少的小费，全部收入是500元到1000元人民币。

当你了解了他们的生活状态，可能会心生怜悯和同情。但这些年轻人对于生活的积极态度，以及他们的活泼和友善又总能打消你的顾虑。就算每天疲于奔波，和你相遇时他们都会热情地跟你打招呼，说上一句"Jambo（斯瓦希里语里的'你好'）"，或是贴心地告诉你"Pole pole（慢慢来）"。当登山客们疲惫地到达营地，已经准备好一切物资的挑夫们还会给予最诚挚的鼓励，营地里也会不时响起挑夫们嘹亮的歌声，"Kilimanjaro hakuna matata（爬乞力马扎罗，没问题）"。

第四天的行程中，需要手脚并用地攀爬一段基本垂直的陡峭路段，再一路上行到登顶前的最后一个海拔高达4673米的营地。向导亚力克斯和奥利弗之前都做过很长时间的挑夫。他们说，这段路程对挑夫来说最为艰难，特别是身负重物攀爬，很容易因重心不稳出现意外。然而，因为高原空气含氧量低，我们一路走走停停，还是不断被挑夫超过。在不多的休息处，他们拿出手机摆鬼脸自拍，或者与身后的雪山合影，举重若轻。

亚力克斯说，每个挑夫都在"为生存而奋斗"。挑夫中很多人需要贴补家用，也有人是在为将来继续接受教育筹集学费。他本人也是在担任挑夫期间省吃俭用，攒够了培训费，考取了向导的资格认证。担任向导期间，他又幸运地结识了一对来自美国的登山夫妇，资助他上大学，研究旅游管理，最终得以创办自己的公司。他一直用自己的经历鼓励年轻的挑夫，无论生活如何艰苦，都不能失去内心的远大目标，并要为之付出努力。

最终的登顶日，夜里12点从营地出发，一路向上，在经历8个多小时的犹豫、痛苦后，我刷新了人生高度，终于站在了乞力马扎罗山的雪顶。在层层云海中，红日缓缓升起，柔和的金黄色光晕洒在纯净的万年冰川上，时间仿佛在这一刻静止。

接下来马上开始下山，随着海拔的降低，心情也越来越轻松和愉悦。到达终点后，挑夫们利用我们等待登顶证书的时间，简单梳洗，上车回程。有的人得以休整两天，也有不少人次日又要马上开始新的登山行程。对他们来说，这只是稀松平常的一次工作罢了。

（摘自《读者》2019年第1期）

读书当有光芒

刘诚龙

袁枚说过一个读书故事,说有个老学究,夜行乡间小路,星月皆隐,几点萤火忽明忽灭,埋头走路间,忽见一人影影绰绰在前面走,老学究走近瞧去:这不是死了好多年的阿明吗?阿明也认出了老学究。老学究胆子挺大的,明知遇到了鬼,也并不害怕,问鬼何往,鬼曰:"吾为冥吏,至南村有所勾摄。"

老学究恰好也要去南村,人鬼便结伴而行。行至一间茅屋,鬼吏突然对老学究说:"轻点走,别惊扰人家。"老学究问:"干吗要放轻脚步?"鬼吏说:"此文士庐也,不可往。""咦,怪了,你如何知道这间茅棚里住了一位文士?"鬼说:"人啊,白天忙得天昏地暗,便精神涣散;到了夜晚,人睡着了,什么念头都不乱生,精神便归于一处。这时候啊,书读得好的人,胸中字字皆吐光芒,自百窍而出;读得一般的,亦荧荧如一灯,照映户牖。此室上光芒高七八尺,所以知为文士庐。"

读书会让人自放光芒?说着说着,老学究好奇,指着自己问鬼吏:"睡中光芒当几许?"鬼吏答道:"见君胸中高头讲章一部,墨卷五六百篇,策略三四十篇,经文七八十篇,字字化为黑烟,笼罩屋上。诸生诵读之声,如在浓云密雾中,实未见光芒。"

袁枚的鬼故事,更可以当寓言来读。老学究读书少吗?不少。环橱皆书也,环床皆书也,环桌皆书也,埋在书籍中,如埋在书山里。然则,他读那么多书,不是黑云压城,便是浓雾锁乡。读书几十年,心无所悟,不是乌烟瘴气,便是乌七八糟,全无读书人该有的明亮精神。

读书多,是不是就意味着读得好呢?明朝谢肇淛曾经讲,好书之人有三病。第一病是,"浮慕时名,徒为架上观美,牙签锦轴,装潢炫曜,骊牝之外,一切不知"。买了新房,有些人要专辟书房以示风雅,房有了,书也花钱买了,买的都是精装书,可是,一本也没读过。第二病是,"广收远括,毕尽心力,但图多蓄,不事讨论,徒浼灰尘,半束高阁,谓之书肆可也"。其实这与第一病类似,都是求书多,舍得投资购书,稍有不同者,书他还是读的,并不全然当摆设,只是一个人读啊读,从不与人交流,从不与人讨论,从不把所学用于生活。书读完,就算完,然后把书束之高阁。这般人,不是读书人,不过是装书的橱柜。第三病是,"博学多识,矻矻穷年,而慧根短浅,难以自运,记诵如流,寸觚莫展"。这个就是我们所说的知道分子。天文地理、化学物理、医护生理——天南地北,无所不知;古今中外,无所不侃。跟人聊天,没有他不知道的,却有一样不知道:您对这事怎么看呢?知识有一万,见识无万一。

患上读书三病者,"睡中光芒当几许"?指定是"字字化为黑烟",指定是"如在浓云密雾中,实未见光芒"。

读书三病，其实是一病：无思。一个是根本不读，自然零思考；一个读是读了一点儿，读后就扔，读之十，思之一，也接近零思考；一个是读了很多书，并不融会贯通，并不与实际挂钩，他之读书，纯粹是为了卖弄知识，赢得博学之名。

袁枚谈读书，与谢肇淛谈读书，两个人貌似各谈各的，实则殊途同归，谈的是一个事：书要读，读要有所思。两个人正是从不同角度，来印证孔子所说的读书观点："学而不思则罔，思而不学则殆。"读了那么多书，什么观点都提不出，什么见识都贡献不了，白读了。

袁枚说，读书有光芒，光芒有等差，"上烛霄汉，与星月争辉，次者数丈，次者数尺，以渐而差"。这光之等差其实是思之等差。思者，首先是思考。读一本书，读完后，要合卷想一想，这就是思考。然后，是思辨。所读之书，事实站得住脚吗？观点站得住脚吗？与历史、与现实合拍吗？这就比思考更进了一步。比思辨层次更高的是思想，树立自己独特的观点，更进一步是建立系统化的理论。

什么都看了，什么都忘了，根本不去思考，则其读书，恰如老学究，读了那么多书，却"字字化为黑烟"。

（摘自《读者》2020年第24期）

简单相信，傻傻坚持

樊锦诗　顾春芳

几年前的一天，中欧商学院到敦煌考察，请我去参加他们的会议。我一到会场，就看到大屏幕上显示了八个字："简单相信，傻傻坚持。"会议还请我发言，我就说："那屏幕上的八个字，说的不就是我嘛！"当时大家都笑了。

我曾在演讲时说到，父亲他们那一代人年轻的时候思想非常单纯，我们这一代也还是这样，我们就是相信新中国，相信共产党，相信毛主席。

父亲走了以后，我们一家骨肉分离，天各一方。当时，我和老彭刚结婚不久，老彭在武汉，我处理完父亲的后事就回到敦煌。那段时间我比较痛苦和迷茫，感到自己一无所有，离开故乡，举目无亲，就像一个漂泊无依的流浪者，在时代和命运的激流中，从繁华的都市流落到西北的荒漠。每到心情烦闷的时候，我就一个人向莫高窟九层楼的方向走去。

在茫茫的戈壁上,在九层楼窟檐的铃铎声中,远望三危山,天地间好像就我一个人。周围没别人的时候,我可以哭。哭过之后我释怀了,我没有什么可以被夺走了。

但是,应该如何生活下去呢?如何在这样一个荒漠之地继续走下去?常书鸿先生当年为了敦煌,从巴黎来到大西北,付出了家庭离散的惨痛代价。段文杰先生也有着无法承受的伤痛。如今同样的命运也落在我的身上,这也许就是莫高窟人的宿命。这样伤痛的人生,不只我樊锦诗一人经历过。历史上凡是为一大事而来的人,无一可以幸免。

每当这时,我都会想起洞窟里的那尊禅定佛,他的笑容就是一种启示。过去的已经不能追回,未来根本不确定,一个人能拥有的只有现在,唯一能被人夺走的,也只有现在。如果懂得这一点,就不能也不会再失去什么了,因为本来就不曾拥有什么。任何一个人,过的只是他现在的生活,而不是什么别的生活,最长的生命和最短的生命都是如此。对当时那种处境下的我来说,我没有别的家了,我只有莫高窟这一个家。我能退到哪里去呢?如果是在繁华的都市,也许还可以找个地方躲起来,可是我已经在一个荒无人烟的地方,还有哪里可以退,还有哪里可以躲呢?退到任何一个地方,都不如退入自己的心更为安全和可靠。

那段时间我反复追问自己,余下的人生究竟要用来做什么?留下,还是离开敦煌?没有任何人能够阻止我按照自己的意愿去生活。我应该成为一个好妻子,一个好母亲,我应该拥有一个完整的家庭,应该有权利和自己的家人吃一顿团圆的晚饭。没有我,这个家就是不完整的,孩子们的成长缺失了母亲。但是,在一个人最艰难的抉择中,操纵他的往往是隐秘的内在信念和力量。经历了很多突如其来的事情,经历了与莫高窟朝朝暮暮的相处,我感觉自己已经是长在敦煌这棵大树上的枝条了。离开敦煌，就好像自己在精神上被连根砍断，就好像要和大地分离。我离不开敦煌，敦煌也需要我。最终我还是选择留在敦煌，顺从人生的必然以及我内心的意愿。

此生命定，我就是莫高窟的守护人。

我已经习惯了和敦煌当地人一样，日出而作，日落而息，年复一年、日复一日地进洞窟调查、记录、研究。我习惯了每天进洞窟，习惯了洞窟里的黑暗，我享受每天清晨照入洞窟的第一缕朝阳，喜欢看见壁画上的菩萨脸色微红，泛出微笑。我习惯了看着洞窟前的白杨树在春天长出一片片叶子，又在秋天一片片凋落。这就是最真实的生活！直到现在，我每年过年都愿意待在敦煌，只有在敦煌才有回家的感觉。有时候大年初一为了躲清静，我会搬上一个小马扎，进到洞窟里去，在里面看看壁画，回到宿舍再查查资料，写写文章。只要进到洞窟里，什么烦心事都消失了，我的心就踏实了。

有人问我，人生的幸福在哪里？我觉得就在人的本性要求他做的事情里。一个人找到了自己活着的理由，而且是有意义地活着的理由，以及促成他所有爱好行为来源的那个根本性的力量，他就可以面对所有困难，也能够坦然地面对时间，面对生活，面对死亡。所有的一切必然离去，而真正的幸福，就是在自己心灵的召唤下，成为真正意义上的那个自我。

（摘自《读者》2021年第8期）

多快的手也抓不到阳光

鲍尔吉·原野

　　地上的阳光，一多半照耀着白金色的枯草，只有一小片洒在刚萌芽的青草上。潜意识里，我觉得阳光照耀枯草可惜了。转瞬，觉出这个念头的卑劣。这不是阳光的想法，而是我的私念。阳光照耀一切，照在它能照到的一切地方，为什么不给枯草阳光呢？

　　草枯了，还保持草的修长。如果把枯叶衬在紫色或蓝色的背景下，它的色彩便显出一些高贵，那是亚麻色泽的白。它们在骤然而至的霜冻中失去了呼吸，脸变白。阳光好好照耀它们吧，让它们身子暖和起来。青草刚冒出来时都是小片的圆形，积雪融化之后，残雪也是圆的。这是大自然的意思。

　　青草好像不敢相信春天已经到来，它们探出半个浅绿的身子四处张望，田鼠刚刚跑出洞来时也像青草这样张望。青草计算身边有多少青草，看同伴的数量，来决定它是快长还是慢长。我很想把日历牌举到青草鼻子前面，说："已经春分了，下一个节气就是清明。"

阳光洒在嫩绿的小草上，像把它们抱起来，放到高的地方——先绿的青草真的都长在凸出的地方。阳光仔细研究这些青草，看它们是新草还是老草的新芽。你看，这就是阳光照耀一切的原因——貌似死去的枯草照样生新芽。阳光照在牛粪上、碎玻璃上，房顶废弃的破筐上都有阳光的恩惠，破筐里有一小堆虫卵正等待阳光把它们变成虫子。

我在荒野中停下来，让阳光在脸上静静照一会儿。走路时，脸上甩跑了许多阳光。中医说，脸对阳光，合目运睛有养肝之效。余试之，感到眼皮比樱桃还红。体察阳光落在脸上的感受，只觉被敷了一层暖。阳光的手是何等轻柔，它摸你的脸，你却觉不出它手指的力量。

走在荒野里，看大地延伸至远方。在大地上，我看不见大地，只有铺到天边的阳光。四下无人，我趴在地上看阳光在地表的活动情况。

我想知道阳光推开后有多厚，或者说有多薄。一层阳光比煎饼薄、比纸薄、比笛膜还薄吗？

阳光覆盖在坑坑洼洼的泥土上，熨帖合适，没露出多余的边角。

我像虫子一样趴在地上看阳光，看不见它的衣裳，它那么紧致地贴在土地上，照在衰老的柳树和没腐烂的落叶上。其实，我只看到阳光所照的东西，却没看到阳光。起身往远处瞧，地表氤氲着一层金色的雾，那是太阳的光芒。

阳光照在解冻的河水上，水色透青。水抖动波纹，似要甩掉这些阳光。阳光比蛇还灵活，随弯就弯地贴在水面上，波光粼粼。阳光趴在水上却不影响水的透明。水动光也动，光动得好像比水还快。

傍晚，弄不清阳光是怎样一点点撤退的。脱离光的大地并非如褪色的衣衫。相反,大地之衣一点点加深,比夜更黑。

闭上眼,让皮肤和阳光说会儿话。假设我的脸膛是土地,能听到阳光说什么呢。我只感到微温,或许有微微的电流传过皮肤。伸手抓脸上的阳光,它马上跑到我手上。多快的手也抓不到阳光。

(摘自《读者》2020年第2期)

风，起于青萍之末

陆晓娅

和大多数认知症患者家属一样，等我们感觉到事情不对头时，老妈早已在病魔的侵袭下失去了往日的优雅。

忙于工作的我，有时一天会接到她打来的好几个电话，说的都是同一件事情：家里烧饭的锅，锅把儿"残疾"了，因为她忘了关火；钥匙落在家中，她撞上门就出去"云游"了；她貌似坐在沙发上认真读报，但仔细一看，发现她手中那张《参考消息》头朝下……我们聪明、要强、独立的老妈，渐渐地开始让我们哭笑不得，继而让我们忧心忡忡。

唉，那是哪一年，是从什么时候开始，我们发现事情不对头的，我已经记不太清了，唯一记得的时间点是2007年5月31日，因为在这一天的《效率手册》上，我写下了"带妈妈去北京大学第六医院看病"。

在此之前至少两三年时，也或许像一些书上说的，早在10年、20年前，她脑部的退化就开始了。

而20年前，正是妈妈人生中一个重要的转折点。

1986年年底，我父亲在新华社巴黎分社社长任上被查出肝部肿瘤，同在分社工作的妈妈陪他回国治疗。8个月后，父亲最终因肝癌不治而亡。

安葬了父亲后，妈妈原本期待能重返巴黎工作，但单位让她办了离休手续。最初的几年，妈妈和朋友一起编纂了一部《法汉大词典》，还曾去一家基金会上过几天班，但她在那里没有找到存在感。此后，她不再工作，除了偶尔出去旅游，就是独居家中。

也许从那时候开始，她大脑中的一场攻城略地之战，就已经悄悄打响：那里面正出现越来越多阴险的 β- 淀粉样斑块，原来灵动的神经元纤维也不再翩然起舞，而是慢慢地纠缠在一起……好在，受过教育的我们，很快就明白，不是妈妈"老糊涂"了，也不是妈妈故意捣乱，而是她病了，得了阿尔茨海默病。

毫无疑问，我们要带妈妈去看病。但带妈妈去看病，是一项何等艰巨的任务啊！

我跟她说："妈，你现在记忆力衰退得有点快，咱们去医院看看吧！"

她有成千上万个理由拒绝你："谁说我记忆力不好？我记忆力好着呢！我去买菜，卖菜的都说我脑子转得快。""胡说，我才没病呢，我身体好着呢！"

的确，我这个要强的老妈有个很不错的数理化脑瓜，但阴差阳错，她竟然跟着我那文学青年出身的爹，进了《新华日报》，又进了新华社，成了一名搞国际新闻的记者和编辑。

可是，俱往矣，老妈不再是令同学羡慕的学霸，也不再是事业上的女强人，而是一个大脑衰退得让人担心的老太太，必须去看病。

在若干次劝告无效后，我只能另辟蹊径：既然你不承认自己的记忆力出了问题，我就不说带你去看什么病；既然你总是拒绝，我就不再征求你的意见，直接挂好专家号；既然你不愿意去医院，我就说带你出去玩玩……总之，我连蒙带骗地，居然就在那一天，成功地把她带到北京大学精神卫生研究所。

进了医院的妈妈，竟然立刻就变"乖"了。她默默地坐在候诊室等着看病。当医生给她测查记忆时，她也努力完成了"作业"，只是最后的结果让她火冒三丈，她在走廊里大喊："胡说八道！谁说我记性不好，我的记忆力比你们都好！我没病！"

77岁的老妈，记忆力已经处在同龄人的最低水平。毫无疑问，她得了病。

于欣所长诚恳地说，现在没有更好的治疗办法，除了吃药有助于延缓疾病进程，最重要的方式就是增加社会交往。

其实我早就明白，妈妈得病多少和她缺乏社会交往有关，但偏偏她就是一个爱独来独往的人。

楼下的小花园，是许多离退休老人聚集的地方，也是老妈外出的必经之路。但她从那里路过时，眼睛仿佛长在脑门儿上，对那些坐着聊天的老人几乎视而不见。好在她在这个院子里住了几十年，总会碰到些熟人，比如我的幼儿园老师，这时妈妈才会停下来聊上几句。最开始，还有几个老同事邀她每周打一次麻将，但随着老同事要么进了养老院，要么"走"了，麻将小组也就自行解散了。

彼时，我们兄妹三人都有自己的工作，但父亲去世后，我们只要在北京，每周都会回家看老妈，我和妹妹也经常接老妈到自己家里小住。

在离休后的日子里，老妈每天的生活还算规律，除了买菜、做饭、散步、浇花，就是在家读报。干了一辈子新闻工作，通过报纸了解国内外大事，已经成为她生活的一部分。

我曾劝她养只猫或狗，因为心理学上有所谓的"宠物疗法"。对很多老人来说，宠物能有效改善他们的心理健康状况，帮助他们建立新的社会联结。但老妈说："我们编辑部的人都不养狗。"哦，原来养猫养狗会让她觉得自己不再是一个知识分子、一个专业人士。我想，那是她需要保持的一种身份，即便在离休以后，她也要维持这样一种身份，那是她生命的价值所在。

医生希望她能经常去复查，以了解病情的进展，但老妈坚决不从。虽然她脑子开始糊涂，但一说起去医院，她就明白得很。我们说服不了她，又不能绑架她，只好更多地陪伴她，督促她吃药，陪伴她外出，让她有机会接触外界，获得新的信息刺激。

紫竹院的河开了，我们拉着老妈去踏青；玉渊潭的樱花开了，我们假装去日本赏樱；景山公园漫山都是中老年人的合唱团，我们也去凑热闹；过年了，我们一起到城乡贸易中心买件新衣；院子周边的街道，我每次挎着老妈遛弯时都走不同的路……

现在回想起来，陪伴已经被认知症侵袭的老妈，不仅需要我们付出时间，还需要我们付出心力，更需要我们具有创造性——我买了涂色的画本，让她跟着我涂色；我和她下她喜欢的跳棋；她数学好，我就买了数独习题集让她做；我用平板电脑上的应用软件教她画画；我逗她回忆生活中的点点滴滴；我假装帮她给朋友写信；甚至，我还带她去看了她的初恋男友。

那个伯伯是她去解放区时认识的，后来妈妈随军南下解放大西南去了，那位伯伯则被组织留在刚刚解放的上海工作，不知怎的就失去了联系。待到再次见面，已经是"文革"结束后。

我还记得那天带妈妈去看那位伯伯，下了公交车，天已经有点黑了。我给伯伯打电话，他到大门口来接我们。昏黄的路灯下，老人佝偻着身子走了出来，看到妈妈时，他一把就拉住了她的手。

看到两位老人手拉手蹒跚地走在我前面，我心酸不已，也感动不已。

我猜那天伯伯也深受触动吧，但我那聪明要强的老妈，已然失去了和他对话的能力……

（摘自《读者》2021年第11期）

杨绛先生回家记

吴学昭

一

2016年5月24日下午,我去协和医院看望杨绛先生,没想到这竟是与老人的最后一面。

保姆小吴见我走近病床,便趴在杨先生的耳边说:"吴阿姨来了!"久久闭目养神的杨先生,此刻竟睁大眼睛看了我好一会儿,嘴角微微上翘,似有笑意,居然还点了点头。随后她轻轻地嘟囔了一句,隔着氧气面罩,听不大清楚,意思应该是:"我都嘱咐过了……"我从未见过杨先生如此虚弱,心中酸楚,强忍住几将夺眶而出的泪水,回答说:"您放心!好好休息。"杨先生已没有气力再说什么,以眼神表示会意,随即又闭上了双眼。据一直守候在杨先生身旁悉心照顾的保姆和护工说，此后到"走"，杨先生再也没有睁开过眼睛。

内科主任及主管大夫请我们到会议室，向我们介绍了杨先生的病情，说她目前已极度虚弱，随时有发生意外的可能。我还是那句话："即使发生意外，请勿进行抢救。"这是杨绛先生反复交代过的，她愿最后走得平静，不折腾，也不浪费医疗资源。

杨绛先生在遗嘱中交代，她走后，丧事从简，不设灵堂，不举行遗体告别仪式，不留骨灰，讣告在遗体火化后公布。对于杨绛先生这样一位深为读者喜爱的作家、一位大众关心的名人，如此执行遗嘱难度很大，首先媒体这一关就不好过。幸亏周晓红同志和我，作为杨绛先生的遗嘱执行人，在杨先生病势危重之际，已将杨先生丧事从简的嘱托报告给国务院有关负责同志，恳请知会有关单位打破惯例，遵照杨先生的意愿，丧事从简办理。后来丧事办理顺利，一如杨先生所愿。

从讣告看，杨绛先生生前对身后所有重要事项，已一一安排妥帖。与众不同的是，这一讣告居然经杨先生本人看过，并交代遗嘱执行人，讣告要待她的遗体火化后方可公布。

杨先生那种"向死而生"的坦然，以及在安排身后事时的睿智、周到、理性，都使我感到吃惊和钦佩。

二

杨先生自嘲当了10多年的"未亡人"和"钱（锺书）办（公室）"光杆司令，已又老又病又累，可是她无论读书、写作、处事怎样忙个不停，永远都那么有条有理，从容不迫。

同住南沙沟小区的老人一批批走了，杨先生也等着动身。只是她一边干活儿一边等，不让时光白白流逝。

为保持脚力，她每天"下楼走走"的步数，从2008年的7000步渐减为5000步、3000步，由健步走变成慢慢一步步走；哪怕不再下楼，退到屋里也"鱼游千里"，坚持走步，不偷懒。

日复一日的"八段锦"早课，2016年春她因病住院才停做。"十趾抓地"还能站稳；"两手托天"仍有顶天立地之感；"摇头摆尾"勉强蹲下；"两手攀足"做不到就弯弯腰；"两手按地"则只能做到离地两三寸了。

练毛笔字，尽量像老师指导的那样，"指实、掌虚、腕灵、肘松、力透纸背"，少有间断。只是习字时间，已由原来的每天90分钟逐渐缩减为60分钟、30分钟、20分钟，直到后来无力悬腕握笔。

杨先生这个"钱办"司令真是当得十分辛苦，成绩也斐然可观。

《钱锺书集》出了，《宋诗纪事补正》《宋诗纪事补订》出了，《钱锺书英文文集》出了，《围城》汉英对照本出了，尤令人惊讶的是，包括《容安馆札记》（3巨册）、《中文笔记》（20巨册）、《外文笔记》（48巨册）在内皇皇71巨册的《钱锺书手稿集》，竟于杨先生生前全部出齐。很难想象，杨先生为此倾注了多少心血。以上每部作品，不论中英文，杨先生都亲自作序，寄予深情。

杨先生在忙活钱著出版的同时，不忘自己一向爱好的翻译和写作事业。她怀着丧夫失女的巨大悲痛翻译柏拉图的《斐多》，投入全部心神而忘记自我。

三

杨绛先生一生淡泊名利、躲避名利，晚年依旧。我印象较深的，就有三例。

中国社会科学院授予杨绛先生荣誉学部委员，她没去领受荣誉证书，讣告中也没让写这一头衔。

2013年9月，中国艺术研究院函告杨先生，称她已成为第二届"中华文艺奖"获奖候选人，请她修订组委会草拟的个人简历，并提供两张近照。杨先生的答复是："自揣没有资格。谢谢。"

2014年4月，钱、杨二位先生曾就读的英国牛津大学艾克塞特学院院长弗朗西斯·凯恩克罗斯（Frances Cairncross）女士来函称，在艾克塞特学院建立700周年之际，该院以推选杰出校友为荣誉院士的方式纪念院庆，恭喜杨绛先生当选牛津大学艾克塞特学院荣誉院士，特此祝贺。

杨绛先生不使用电脑，便口授大意，要我代复电邮：

> 尊敬的 Frances Cairncross 女士：
>
> 我很高兴收到您4月25日的来信。首先，我代表我已去世的丈夫钱锺书和我本人，对牛津大学艾克塞特学院建立700周年表示热烈的祝贺。我很荣幸也很感谢艾克塞特学院授予我荣誉院士，但我只是曾在贵院上课的一名旁听生，对此殊荣，实不敢当，故我不能接受。
>
> 杨 绛

Frances Cairncross 院长生怕杨绛先生误解艾克塞特学院授予她荣誉院士，系因她是钱锺书先生的遗孀，因而再三解释：

1. 杨绛自身就是一位杰出的学者。事实上如果她接受这一荣誉，将有助于在欧洲弘扬她的学术成就。

2. 她对塞万提斯研究做出过重要贡献，我院设有阿方索十三世西班牙语言和文学讲座，现任阿方索十三世讲座教授埃德温·威廉逊也是一位研究塞万提斯的学者，他本人对杨绛女士在此领域的研究也深感兴趣。

3. 目前，我院还没有女性学者获此殊荣。作为牛津大学的首位女院长之一，我对此深表遗憾，这也是我热切希望她能接受此荣誉的原因之一。

我将 Frances Cairncross 院长托付的话，详细转达杨先生，并将她的电邮打印出来送杨先生亲自阅看。然而杨先生再次辞谢，她说："我仍不得不坦诚直告尊敬的阁下，我如今103岁，已走在人生边缘的边缘，读书自娱，心静如水，只求每天有一点点进步，better myself in every way，过好每一天。荣誉、地位、特殊权利，等等，对我来说，已是身外之物。所以很抱歉，虽然我非常感谢你们的深情厚谊，但我仍不得不辞谢贵院授予我荣誉院士的荣誉，敬求你们原谅和理解。"

四

2014年9月，杨先生将家中所藏的珍贵文物字画，还有钱锺书先生密密麻麻批注了的那本《韦氏大词典》，全部捐赠给中国国家博物馆收藏。移交时，周晓红和我在场，杨先生指着起居室里挂着的字画条幅，笑说："这几幅虽然已登记在捐赠清单上，先留在这儿挂挂，等我去世以后再拿走，怎么样？免得四壁空荡荡的，不习惯也不好看。"

遗嘱已经公证，书籍、手稿等重要物品的归属，也都做了交代。所收受的贵重的生日礼物，杨先生要我们在她身后归还送礼的人。其他许多物件，一一贴上她亲笔所书送还谁谁谁的小条。为保护自己及他人的隐私，她亲手毁了写了多年的日记，毁了许多友人的来信，仅留下"实在舍不得下手"的极少部分。

杨先生分送各种旧物给至亲及好友留念。有文房四宝、书籍墨宝，也有小古玩器物等。我得到的是一本麦克米伦出版公司1928年版的《英诗荟萃》，杨先生在此书的最后一页写道："学昭妹存览绛姐赠"。我惊诧于杨先生的神奇：我从未跟她提及我喜读中英旧诗，她竟对我与她有此同好了然于心。我深知这本小书有多珍贵，它曾为先生全家的"最爱"，原已传给钱瑗，钱瑗去世后，杨先生一直把它放在枕边，夜不成寐时就打开来翻阅，思绪萦怀，伴她入梦。许多页面，留有她勾勾画画的痕迹。我得到的另一件珍贵赠物，是一叠杨先生抄录于风狂雨骤的丙午、丁未年（1966年、1967年）的唐诗宋词，都是些她最喜欢的诗词。第一页上赫然写着："'文革'时抄此，入厕所偷读。"

杨绛先生表面看似理性、清冷，其实她是很多情的。她一向把读者当成朋友，把理解她作品的读者视为知己。她存有许多对她作品反映的剪报。她拆阅每一封读者来信，重视他们的批评建议。她对中学语文教师对她作品的分析，发出会心的微笑。孩子们听说她跌了跤，便寄来膏药，让她贴。许多自称"铁粉"的孩子，是由教科书里的《老王》开始阅读杨绛作品的。有个小青年因为喜爱杨先生的作品，每年2月14日，都给她送来一大捧花；后来他出国留学去了，还嘱托他的同学好友代他继续送花，被杨先生戏称为她的"小情人"。前些年，她还常与读者通信。她鼓励失恋的小伙振作，告诉他：爱，可以重来。她劝说一个癌症患者切勿轻生，要坚强面对，告诉他忧患孕育智慧，病痛也可磨炼人格。她给人汇款寄物，周济陷于困境的读者而不署名⋯⋯

2016年的春节，杨先生是在医院里度过的。大年初一，我去协和医院探视,跟先生聊聊家常。末了杨先生又交代几件后事。我心悲痛,不免戚戚;杨先生却幽幽地说,她走人,那是回家。

(摘自《读者》2017年第5期)

且将一生草木染

方 蕾

喜欢一种颜色久了,便自然而然想穿上这般颜色的衣裳。就如我,总觉得青色是大自然里最超脱飘逸的颜色,每见绿竹猗猗、群松春睡时,就想将这松竹之色,染一点在自己的衣袖间。

我对青色的喜欢,源自一句诗:"青青子衿,悠悠我心。"青青子衿指的是青色的衣领,这青色从何而来呢?也许是源自《诗经》里的另一首诗:"终朝采蓝,不盈一襜。"丰饶的大地上,妇人采了一天的蓼蓝,却连一衣兜也没采满。

采蓼蓝是为了染色。古时,人们会从花、叶、根、茎中提取染液,为织物染色,称为"草木染"。

仁厚的蓝,是草木染最质朴的颜色。是谁在千年以前,染了第一片蓝?那一定是惊艳的一天。从此,日子里万般颜色,竟都可以从自然中来。

蓝草染蓝色，茜草、红花染红色，栀子、柘树染黄色，乌桕叶染冷冷清清的灰……草木如地母一般，将能量与心意馈赠于人。细心的妇人懂得这般馈赠，采摘、调配、浸染、冲洗、晾晒……多少次反复，终于沉淀出古代中国特有的草木染。草木染丝线，织绣的山河便在春天里绵延；草木染布匹，四季原野就做成了衣裳。

在辽远的时代里，你想要染得一个颜色，可能要等。

等一个季节，等一株花草长成。春有春的风物，冬有冬的清绝，等待一次恰逢其时的相遇，急不得——自然的时令从来都使人敬畏，最早的草木染，像极了长久的情感，耐得住性子，守得住静谧。

这长情里又藏着不期而遇的惊喜。栀子花净白，却能染出黄色；石榴花如烈焰，染出的却不是火热的红；蓝靛水薄薄地浸过白纱，微风拂过，颜色竟似凌晨的月光。

那月色里的蓝，便被命名为"月白"。

草木染出的颜色，温润天然，契合了自然万物的诸般气质。秋香、天青、松绿……命名深美，让人不禁联想到意境。中国人对自然的色彩审美和情感寄托，也在草木染中，沉淀悠远。

《红楼梦》里的色彩美学和情感，在大观园的草木染里藏着线索。读到第四十回，我们感叹，原来还有这样一种软烟罗，"那个软烟罗只有四样颜色：一样雨过天晴，一样秋香色，一样松绿的，一样就是银红的"。四样颜色皆是草木染所得，又各有一种天然气息。宝玉撰写了一篇祭文，其中有一句"茜纱窗下，我本无缘"，那茜纱便是银红的软烟罗，是用茜草染的，独给黛玉做了窗纱。潇湘馆的绿竹衬着茜色窗纱，是《红楼梦》的色彩美学，鲜明生动的青春爱意，也是宝黛悲剧的草蛇灰线。

草木染颜色，贴合着自然，也投射着人物的气质。即使都是草木染的红，杏子红与石榴红的意蕴也不尽相同。杨贵妃的裙是红花染的，张扬、热烈的红，力证着她的美艳与喜悦；黛玉是茜色；更民间一点的女孩儿，是杏子红。

还记得那个"单衫杏子红，双鬓鸦雏色"的女孩儿吗？她在《西洲曲》的江畔，遥遥一望，江南水乡的青春光彩，瞬间便让人觉得亲切了。《捣练图》里，穿着杏子红上襦的女子倚着木杵偷闲，寻常女子的生活便声色热闹，栩栩如生。

人生若如草木染，杏子红该是多么从容喜悦的一生。"那林黛玉严严密密裹着一幅杏子红绫被，安稳合目而睡。"读到此处时，我不由得希望，灵巧脆弱的林妹妹，能夜夜在一席杏子红绫被的环拥中安稳休憩，仿佛茜草沾着泥土的香气，能妥帖地包裹她的一生。

时间就像草木染着一匹布这般，染着我们的一生，又浸润、沉淀着我们的一份长情。我也愿意对我这一生的草木染，怀有期待与欣赏。

在广阔、丰饶的自然草木间，我愿意做一个"终朝采蓝"的人，把一生悠悠又专注地浸染，染出青青的衣领，染出美好的月白，染出喜悦的杏子红，染出妥帖的草木香气。

（摘自《读者》2021年第20期）

苏东坡的"坡"与海明威的"海"

张 炜

有一本书叫《海明威与海》,抓住了"海明威"与"海"的意象对应,讲了海明威的海洋性格,写他一生与大海的不解之缘:不仅是作品内容多与大海有关,而且实在有着男子汉迎风破浪的闯荡精神。海明威喜欢海上冒险,"二战"时曾把自己的游艇改成一条侦察船。晚年,他在古巴哈瓦那海边买下一座院落,命名为"瞭望山庄","瞭望"的对象当然是大海。

海明威身上没有多少"土性格",也缺乏许多作家向往的田园诗性。他是一个很野性的人,性情十分开敞,热衷于野外冒险。战争期间他到过西班牙和法国,直接或间接地参加过一些战斗。他的性格是不安的、多方游走的,像水一样漫流和冲荡,当然很难安稳地居守土地。要写作就要有一个相对安静的窝,这样才能持续地思考和阅读,然而这对海明威而言只是短暂的时光，从其一生的行迹上看，只要在一个地方安稳待一阵，他很快就无法忍耐，一定会出行，去打猎，去钓鱼，去看拳击，或者去畅快地旅行。

树木是需要扎根于土地的，而动物，包括人会到处游走。与海明威属于同一时期、同一国籍的作家福克纳甚至有过一个妙比，他说上帝凡是要它四处走动的，就把它做成长的，比如牛和马、火车等；凡是不让它走动的，就将它做成高的，比如树木、烟囱、人等。这可爱的联想和比喻也许包含了深刻的道理，他本人就有这样的觉悟，也有这样的恪守，一辈子尽可能地待在自己的农场里，实在不得已才出一次门，比如为了生计到好莱坞去写电影脚本。

如果一定要将他们二人做一个比较和区分，那么海明威显然更像"水性格"，而福克纳则是"土性格"。单就生长的需要来讲，种子非常需要土的培植，要在土中不断地萌发。水中也有许多植物，如水草等，但毕竟不如泥土上的绿植多。所以一个作家的"土性格"，往往意味着强大的生长力。福克纳写了近二十部长篇小说，海明威只写了四五部。海明威的写作仿佛有些困难，不到六十岁就丧失了创造力。而福克纳的创作显然更富生长力，去世前仍有诗集和长篇小说出版。

苏东坡是中国历史上最高产的作家之一，他的作品数量为北宋文人之首，其创造力无与伦比，好像随手就是锦绣文章，从无艰涩。他谪居黄州的时候开垦了一处坡田，"东坡"之号由此而来。他从此打算做一个农民，踏踏实实地跟当地农民学习种地，一天到晚奔走在这块坡地上，腰间系一个浇地用的大瓢。"一蓑烟雨任平生"这个名句，就是他在这儿写出来的。他一生渴望安居，想学陶渊明，拥有自己的一片田园，但命运偏偏让他到处奔波，不让他在一个地方扎下根来。但他是生就的"土性格",生长力异乎寻常：只要有一点机会就要伸展绿芽。

苏东坡出生于多水的南方，一度对干旱的北方如密州等地极不适应，但一旦安定下来就要精心经营。他对山河大地充满探胜心，挚爱而好奇，所以旅途上总是十分用心地品味赏览山水风光。但这并不意味着他能够适应奔走辗转的人生，相反，这成为他最痛恨的事情。晚年谪居海南儋州时，他和大海有了密切接触，也度过了最苦最难的一段岁月。当时他已经做好在凄风苦雨之地了结一生的准备，搭起草寮安顿自己，然后开始读与写，完成了平生最引以为傲的几部著述，还创作了许多辞章。他之所以具有强大的生长力，是因为心中始终拥有一片肥沃的田园。

原来所谓"土"与"水"的性格区别，只不过是一个人的心灵状态：或者像水一样汹涌，或者像土一样沉厚。水是流动不宁的，时而激扬奔腾，不然就成了一潭死水；而土是沉默固守的，接受阳光雨露的滋润，然后即有萌发和生长。水是生动鲜亮的，令人耳目一新；水的冲击给人奇崛震惊的感觉，那往往是始料不及的。土的承受和滋生都是自然而然的，好像天生如此；土没有声音，不会喧哗。水在行动时有巨大的响声，甚至会呼啸。总之这是两种不同的形象，没有什么好或不好。我们在这里将其比喻为不同的写作者、不同的性格，也只是借用和联想而已。我们也应该知道：所有的比喻都是蹩脚的。

苏东坡如果没有在黄州开垦的那片坡地，也就没有了一生最满足的几年田园生活，甚至连他传扬天下的名号也不会有。这块坡地对他真是非同小可。种植者必要依赖土地田园，这是多么简单的道理。而对一心思念和留恋田园的苏东坡来说，要得到一小块可以厮守的土地却是那样难。除了在海南岛的临海而居，另有在山东半岛登州出任了五天太守，他这一生都在大地上辗转，他的作品写尽了各种植物，对他而言好像没有不毛之地，只要有一点机会就能播种和收获。

他有"苏海"之称，这既指作品的数量，也说其宏大的气象。一切都有赖于他那片坡地上的强大生长力。哪怕处于极端的干旱和龟裂，在他人看来已经没有一丝生长的可能——如"乌台诗案"时被羁押在狱，在日夜折磨催逼的严酷环境里，他竟然还能写出惊人的辞章。原来，生长就是土地的常态。

海明威的"海"则有着迥然不同的风格。海里有冰山，有鲸鱼，也有海洋植物。大海掀起的风暴潮是惊人的，它会吞噬和漫卷大片陆地。海在阳光下安静着，等待风，等待激扬的时刻。水面下有一种庞大的动物突然出现，让人惊叹。一座冰山之所以雄伟，是因为它的绝大部分在水下。海明威真是一个传奇人物，他有那么多的故事，提供了那么多的谈资。他停下来的时候，就像一片静海那样平淡。

（摘自《读者》2021年第12期）

美丽净土的守望者

张大川

20世纪末,"淘金者"进入可可西里,"软黄金"藏羚羊绒声名大噪。暴利之下,高原大地满目疮痍。为了守护这片净土,秋培扎西的舅舅杰桑·索南达杰倒在盗猎者的枪下;秋培扎西的父亲奇卡·扎巴多杰也因保护可可西里而不幸离世。

但是,为了守护可可西里,为了热爱的藏羚羊,秋培扎西依然做出同样的选择——申请调往这片生命禁区。伴随着金灿灿的夕阳余晖和无垠旷野,也伴随着烂泥潭、鬼门关,以及漫山遍野的冰雪和四周暗涌的湖潮声,转眼间他在这里已有13年。

秋培扎西是青海可可西里国家级自然保护区管理局森林公安分局的警务辅助人员,也是三江源国家公园管理局长江源园区可可西里管理处卓乃湖保护站的站长。

英雄上马的地方

可可西里地区的平均海拔超过4600米，最低气温可达零下40多摄氏度，氧气含量不足平原地区的一半，被称为人类的生命禁区。与此同时，可可西里以拥有230多种野生动物和202种野生植物，而成为世界上令人叹为观止的生物基因库。

20世纪八九十年代，成千上万的"金农"开着手扶拖拉机或者大卡车，碾压着可可西里的草皮，切割着可可西里的皮肤。一条由藏羚羊绒制成的沙图什披肩在欧洲市场上标价1.5万至4万美元。暴利之下，不少"金农"转而猎杀藏羚羊，藏羚羊数量从20多万只一度锐减至不足2万只。高原大地被殷红的鲜血浸染，被白色的骨架填满。

"盗猎现场满地都是母羊的尸体，周围围着刚生下来的小羊羔。有些盗猎分子把母羊的肚子划开，小羊就会从母羊肚子里露出来，冻死、饿死的小羊很多。有些小羊饿急了，还是会凑到已经被剥了皮的母羊身上找奶吃。"奇卡·扎巴多杰在纪录片《平衡》中坦言，愤怒的他曾用枪打断过盗猎分子的腿。

"1994年1月18日，舅舅和4名队员在可可西里抓获了20名盗猎分子，缴获了7辆汽车和1800多张藏羚羊皮。他们在押送歹徒的途中遭歹徒袭击。几天后，父亲在太阳湖附近发现了舅舅的遗体，他仍保持着换子弹的姿势，零下40摄氏度的气温几乎将他冻成一座冰雕。"

尽管并不是第一次提及往事，秋培扎西还是借点烟的机会将眼角的泪硬憋了回去。

杰桑·索南达杰时任青海省玉树藏族自治州治多县县委副书记，他多次向县委建议保护国家资源，合理开发可可西里，还推动成立了可可西里生态保护机构——治多县西部工委,并受命担任工委书记。英雄牺牲不久后的春节,治多县城寂静无声,没有听到一声鞭炮响。2018年12月18日,杰桑·索南达杰获"改革先锋"称号。

为可可西里而生的人

杰桑·索南达杰牺牲一年后,秋培扎西的父亲奇卡·扎巴多杰主动请缨降级担任第二任西部工委书记,接力"保护可可西里的野生动物和矿产资源"。

依靠年轻时的"剿匪"经验,奇卡·扎巴多杰3年里带领西部工委破获62起盗猎案,抓获240名盗猎分子,缴获3180张藏羚羊皮。1998年,46岁的奇卡·扎巴多杰遭近距离枪击离世。

舅舅和父亲的接连牺牲,让秋培扎西开始规划自己的人生。在秋培扎西心目中,舅舅和父亲是最忠诚的共产党员。"小时候家里只有毛主席的照片,他们是成长在新中国旗帜下的藏族干部……如果没有共产党人的觉悟,怎么会把自己的命搭进去?"

2003年,正在青海民族学院读书的秋培扎西正式入党。他期待用让父辈骄傲的身份,践行自己心中早已笃定的理想。

2006年毕业后的夏天,秋培扎西站在人生的十字路口。他可以服从分配回到家乡工作,也可以远赴广州成为一名记者,还可以南下成都为民间环保组织工作,但是他思虑再三,毅然向组织申请调至治多县森林公安,因为"这是去往可可西里的唯一途径"。

母亲白玛哭着劝阻:"你哥哥也在巡山队,你还去干什么?我们家已经牺牲了两个人,再不需要多一位英雄了!"身边好友也劝他:"你风华正茂，为什么一定要跑到茫茫无际的荒野上？"

这些话让秋培扎西心酸不已："我13岁就跟着父亲巡山，父亲和舅舅都牺牲在可可西里，我无时无刻不在想念他们，那儿就是我的家。"

第一次和盗猎分子对峙

老巡山队员尕仁青清晰地记得秋培扎西第一次和盗猎分子对峙的情景。

"1999年夏天，秋培扎西暑假时跟我们去巡山。我们白天抓获了4个持枪盗猎分子，晚上把他们关在一顶帐篷里，准备第二天一早押送他们到格尔木。后半夜，守夜的兄弟大喊'跑了！跑了一个！'秋培扎西拿着枪就追了出去，远远看见一个人影，他就鸣枪警示，不料歹徒反手就是一枪。他愣是没怕，直接开枪对打，把歹徒逼到一个石洞里。"尕仁青回忆说，"这生瓜蛋子真是命大。"

"父亲是可可西里最有经验的猎手，我的一身本事都是从他身上学来的。"秋培扎西说。

2014年7月的一天，秋培扎西和兄长普措才仁带领6名巡山队员前往可可西里腹地太阳湖，遭遇50多人的盗采团伙。兄弟俩将现场妥善控制。

"我们和两个犯罪头目挤在一顶帐篷里，其余的犯罪成员被安置在剩下的几顶帐篷里。如果犯罪团伙袭击帐篷，我们将面临极大的危险。"普措才仁说。在没收犯罪分子的全部刀具后，秋培扎西将唯一一把"八一杠"上了膛，然后睁着眼睛等待漫长的一夜过去。

可可西里的气候

"盗猎盗采分子有枪，我们也有，正义终将战胜邪恶。但人在大自然面前是脆弱的，最可怕的，是可可西里的气候。"

秋培扎西在手机里写下这样的短句："向着远处望去，那金灿灿的余晖正对着我们微笑招手。在那笑容背后，我看不清是泥泞还是沼泽，或许冰冻的雨雪正冲着我们龇牙咧嘴、狰狞斜视。"

进入可可西里不到40公里，就能看到秀水河——多么美丽的名字，却也是让巡山队员惧怕的烂泥潭。

"有一次车在河中间抛了锚，我刚到水里，后心就冰得冒冷汗，10分钟左右，脚就开始失去知觉。回到车里第一件事儿就是赶紧脱掉鞋子，打开暖气，慢慢地恢复知觉，然后是疼，接着是痒。"秋培扎西说。

有一次巡山到太阳湖，秋培扎西和几个队员全部出现高原反应，走一路吐一路。为了防止意外发生，他们决定抄近道从新疆方向出去。

没想到，越走雪下得越大，根本辨不清方向。屋漏偏逢连夜雨，车又陷在乱石沟中。他们只能强忍着"高反"去挖车，"你三下、我三下、他三下"。山谷里的雪到膝盖，车根本走不动，他们只好冒险开到半山腰，车身是斜的，一不注意就会翻下山去。

卓乃湖保护站副站长郭雪虎说，由于常年在高原极地作业，巡山队员都患有多种职业病，其中胃病最为常见。

"有时几天吃不上一顿热饭，甚至一天只吃一顿干粮，多数时间凉水成了'指定饮料'，所以秋培扎西的随身宝贝中就有奥美拉唑和丹参滴丸……"

在战友的眼里，秋培扎西是一个擅长急中生智的人。

"有一次他因为车辆损坏被困在太阳湖,车里也不能取暖。他冻得实在没办法,就把备用汽油拿出来,倒在湖畔的沙子里,然后用打火机点燃,在沙火里跳来跳去。"

巡山队员青然南江笑着说,他还经常带领兄弟们在车灯前跳锅庄,音乐是四周暗流的湖潮声和风声。

秋培扎西的妻子管璐璐说,起初每次巡山回来,丈夫都会拍很多照片给她看——美丽的风光、可爱的藏羚羊,她一度想要跟着丈夫去可可西里看看。

后来有机会了,管璐璐随队去了一趟不冻泉保护站,一路因"高反"而头痛恶心的她,回到家抱着丈夫号啕大哭:"可可西里一点儿都不美!"

分别的场面已经经历了太多,叮咛嘱咐的话也已经说了太多。时间长了,秋培扎西和管璐璐之间便有了一种默契。巡山临走的时候,他轻轻地说一句"走了啊";平安回来的时候,轻轻地说一句"回来了"。这看似平淡的分别场面,远比那些轰轰烈烈的浮躁爱情让人揪心。

"他出门巡山的次数多了,我就什么也不说了,即使有一万个不愿意,也只有默默地目送他离开。我唯一能做的是,等他要回来的那天,不管有多晚,都煮一锅他最爱吃的手抓羊肉,把家里所有的灯都点亮,等他回家。"管璐璐说。

不知道从什么时候起,巡山队员们的家属间开始流行一种秘密的小仪式。

"一开始,队员虎子的妻子总是点燃一把柏香,偷偷跑到院子里,在巡山的车辆四周熏一熏,甚至连背的枪支、带的行李都要熏一熏。"管璐璐说。再后来,其他队员的妻子知道后,这个仪式便流传开来。

在她们看来,千叮咛万嘱咐还远远不够,这种简单、朴素的方式,最能表达她们对丈夫的祈祷和祝福。

对巡山队员来说,"寂寞"是巡山生活的代名词,十余天甚至数十天的巡山路上,完全与外界隔绝。

"天色渐黑,点点星光在夜空中闪耀,多想让这星星捎句话给思念的人,告诉父母,孩儿一切平安;告诉妻儿,我们健康如初;告诉生命里的过往,我们今生无悔。"秋培扎西借着星光在帐篷的角落里写下短诗。

十余年未闻盗猎枪声

每年夏天,数万只藏羚羊向可可西里腹地的太阳湖和卓乃湖附近集结产仔,这是迄今为止地球上最为壮观的三种有蹄类动物的大迁徙之一。25年前,杰桑·索南达杰的牺牲加快了政府和民间保护可可西里以及藏羚羊的步伐。1997年12月,国务院批准并公布可可西里为国家级自然保护区;2016年4月,可可西里所在的三江源地区被确定为我国首个国家公园体制改革试点地区;2016年9月,世界自然保护联盟宣布,将藏羚羊的受威胁程度由濒危降为易危,可可西里至今已十余年未闻盗猎的枪声。

卓乃湖保护站号称"藏羚羊大产房",站长秋培扎西的一项重要任务就是为藏羚羊产仔保驾护航。每年夏天藏羚羊迁徙产仔期间,由于躲避天敌猎杀等原因,常常出现幼仔与羊群失散的情况。望着草滩上被天敌袭击致死的小藏羚羊,秋培扎西叹息道:"要尊重自然规律、遵守丛林法则。"

过去几年的每个夏天,卓乃湖保护站都能捡到七八只和羊群失散甚至被天敌袭击受伤的藏羚羊幼仔。为了不让小羊烫到嘴,秋培扎西用手背试加热后的牛奶的温度;为了不让小羊摔伤,秋培扎西把自己的被褥铺到保护站地板上;为防止小羊被细菌感染,秋培扎西换上用洗洁精反复清洗的白大褂……"夏天他发现有一只小羊拉肚子，就急忙带着小羊从卓乃湖连夜赶出来，140公里的路程，下午6点出发，凌晨4点到索南达杰保护站野生动物救助中心，路上瞌睡了，他就往嘴里塞个小辣椒。"索南达杰保护站副站长龙周才加说，见到秋培扎西的时候，他的眼睛又红又肿。

看着秋培扎西和队员们带着被救助的小羊们玩耍，能够无比真实地感受到人与动物之间率真的感情。平日里荷枪实弹将不法分子驱逐千里的高原汉子，如今俯下身来眼睛里尽是柔情；平日里用"可可西里牌"天然矿泉水灌满肚子的森林公安，如今却为小羊集资买矿泉水和牛奶。广阔的可可西里大地，人与自然间的关系正在发生着微妙的变化。

未来的可可西里人

当联合国教科文组织世界遗产委员会主席雅采克·普尔赫拉念出"青海可可西里"时，秋培扎西欣喜若狂。

他在日志中写道："今夜，这个无人的旷野属于我们，属于端起的水酒，属于满脸的笑容，属于心酸的痛楚，属于平凡而不平凡的昨天、今天和明天。此刻的我是如此平静，以至于可以清晰地听见自己的心跳。"

在未来，可可西里天地一体化生态监测及大数据分析系统将上线，"拿拳头保护生态"的模式将成为历史。

"科学技术再发达，人的作用也不可替代。"秋培扎西不想被未来的可可西里抛弃，他像个孩子一样走进课堂，捧起书本，努力学习野生动植物分类、生态本底调查等知识。"未来既要当好可可西里的守护者，也要做好当地的生态观察员和宣讲员。"

可可西里虽然早已今非昔比,但是秋培扎西还有不少烦恼。"新疆阿尔金山、西藏羌塘和青海可可西里国家级自然保护区2017年年底联合发出声明:禁止一切单位和个人随意进入保护区开展非法穿越活动。但是现在依然存在非法穿越的乱象,甚至有人驱车追赶野生动物,导致它们死亡。"

秋培扎西对此非常担忧,他希望能够健全非法穿越的相关法律,加大对非法穿越者的处罚力度。

"电视剧《士兵突击》的主人公许三多说:'有意义就是好好活着,好好活着就是做有意义的事。其实我们也没有大家想得那么伟大,但是除了对物质的追求,我们能不能静下心来,去做一些力所能及的事情?每个人,一辈子,付出20年,做好一件事,我觉得我们的国家绝对赞。"秋培扎西如是说。

（摘自《读者》2019年第6期）

第一幅画

张晓风

上中学时，我住在台湾南部一座阳光过盛的小城。整个城充满流动的色彩。春天，稻田一直蔓延到马路边，那浓绿，绿得让人凝滞。稻子一旦熟了就更过分，晒稻子可以纷纷晒上柏油路来，骑车经过，仿佛碾过黄金大道。轮到晒辣椒的日子，大路又成了名副其实的"红场"。至于凤凰树，那就更别提了，烈焰腾腾，延烧十里，和这座城里艳红的凤凰花相比，其他城市的凤凰只能算是病恹恹的野鸡。

太绚丽了，少年时的我对色彩竟麻木起来。

而且，那城充满气味，一块块的甘蔗田是多么甜蜜的城堡啊！大桥下的沙地仿佛专为长西瓜而存在。果实累累的杧果树则在每户人家的前庭后院里负责试探好孩子和坏孩子。野姜花何必付钱去买呢？那种粗生贱长的玩意儿，随便哪个沟圳旁边不长它一大排？

然而，我是一个有几分忧郁的小孩。两张双层床，我们四个姐妹挤在十六七平方米大小的屋子里。在拥挤的九口之家里，你还能要求什么？院子倒是大的，高大的橄榄树落下细白的花，像碎雪。橄榄熟时，同学们都可以讨点"酸头"去尝，但我恨那酸，觉得连牙齿都可以酸成齑粉。

渐渐地，我找到一点生活的门道。首先，我为自己的上铺空间取了个名字，叫"桃源居"，这事当然不可以给几个妹妹知道，否则，她们会大惊小怪，捧着肚子笑得东倒西歪。但只要不说，也就万事太平。反正，这是我的辖区，我要叫它"桃源居"，别人又奈我何？

然后，不知道从哪里，好像是银行，我弄到一份月历，月历上有一张莫奈的画。我当然也不知这莫奈是何许人也，把Monet用英文念了几次（法文当然是不懂的），觉得怪好听的，何况那画面灰蓝灰蓝的，有光，光却幽柔浮动，跟我住的那座城里晒得人会冒油的太阳截然不同。

欧洲，那是个什么样的地方呢？在那个年代，异地几乎等于月球那么遥不可及。

我去配了一个镜框，把画挂在我那"疆域"只及一块榻榻米的"桃源居"里，心里充满慎重敬谨的感觉，仿佛一下子，我就和这个文明世界挂起钩来。有一幅名画挂在我的墙上，我觉得我的上铺跟妹妹她们的铺位显然不同了，她们的床只是床，而我的，是悬有名画的"艺苑"。

这是我拥有的第一幅画，其后很长一段时间里，它也是我唯一拥有的画。莫奈，也成了我那个阶段最急于打探的一个名字。后来，我果真看到他的资料，原来是印象派画家。印象派画家是什么？对三十年前南方小城的中学生来说好像太艰涩，但我已经很满意了，原来我一眼看中的日历画，果真是件好东西呢！

那样灰蓝的画面，现在想来，好像忽然有点懂了，其中灰蓝部分透露出的是无比的沉静安详。但由于灰蓝之外，有那么一点仿佛立刻要抓到而又立刻要逃跑的光，所以画面便有那么些闪闪忽忽像夏夜萤火虫般的光质。东方的绘画美在线条，但对那光，便只好用大片金色去弥补，可惜金色富丽斑斓，像温庭筠的词里所写的"画屏金鹧鸪"。日本人也爱用金色敷抹屏风，但太绚丽的东西，最后总不免落入装饰趣味。一旦沦为装饰，就难免有小气的嫌疑。

莫奈的光却是天光，十分日常，却又是长长一生中点点滴滴的大惊动，令人想起《创世记》上简明如宣告的句子：

"神说，要有光，就有了光。"

是的，就有了光。当年那个小女孩，只拥有四分之一寝室的灰姑娘，竟因一幅复制的画，忽然拥有了百年前黎明或正午的渊穆光华，拥有了远方的莲池和池中的芬芳。她因挂了一幅画而发展出一片属于美的"势力范围"，她的世界从此变成一个无阻无碍的世界。

啊！我想今年春天我要去看看莫奈，我要去博物馆向他道一声"谢谢"。三十多年过去了，我仍然记得当年把钉子钉入墙壁，为自己挂上第一幅画的感觉。

（摘自《读者》2021年第9期）

只要有家可以思念

蒋 曼

当地球被无数网络密密地包裹，天涯海角不过是一个村庄。科技赋予年轻人更强的飞翔能力，走遍世界不是幻想，而是看得见的机票和攻略。城市越来越雷同，摩天大楼连同其中的人也越来越相像。

但是，还是有想家的时候。

在美国纽约留学的宝利说："每当想家的时候，我就会特意到华人超市，在那些满是中文包装的货柜边一遍一遍地转，大红袍火锅底料、白菜猪肉水饺、酸辣粉丝、毛血旺。把那些写着中文的商标悄悄念完，听周围的人轻声讨论，那一刻，会有家的错觉。在那些乡音和物品制造的错觉中，即使两手空空也思念满满，似乎一瞬间回到和爸爸妈妈一起买菜做饭的日子，火锅底料、乌江榨菜、方便面，都是摸得到的日常烟火。

移民大洋洲的同学在南半球找不到北斗七星，连月亮都感觉陌生。想家的时候，他就开车到机场附近，看飞机起飞和降落。一架一架，巨大的噪声中，思念也呼啸而过。思念的心贴着陌生人的背影，飞过云端，直到地球的那一头。

从韩国到菲律宾读书的恩珠，常年住在国际学校的宿舍里。周末，她会站在马尼拉的大桥上眺望，温柔的黄昏，天边的夕阳夹杂着将要到来的暮色。她把那波光粼粼的水面看作汉江，把那同样高耸而庄重的楼宇当成国会议事堂，那一刻，就好像自己站在首尔的西江大桥上。只要半闭着双眼，就能在朦胧中生出匪夷所思的归属感，将思念放进幻觉的摇篮。

侄子从西南地区到沿海城市上大学。他说："想家的时候，就站在校门口，寻找车牌是川A的车。在汹涌的车流中，偶尔看一眼，也能有瞬间的亲切与满足。"那个傻傻的孩子在滚滚车流中寻找一块特别的车牌，用它来熨平乡愁的褶皱。

几年前，在日本东京某个商场的电梯上，一个老人紧跟着我们，微笑着询问："你们是从中国来的吗？"错愕中，我点点头。老人说："我妻子也是中国人，我会告诉她，今天碰上了她的家乡人。"陌生的家乡人，只要看一看，讲一讲，也能让游子心安。

想家的时候，我们也许不会去写一首诗，也不会在月光下或者在摇曳的灯影中，把思念和记忆混合在墨汁里，一笔一画地写满信笺。现代人的思念不限于距离，咫尺天涯，天涯咫尺。

打开谷歌地图，使用全景模式，控制鼠标，不断放大那块熟悉的区域，手指移动得像脚步一样急切。屏幕上，家越来越清晰。在鳞次栉比的楼宇间，你可以辨认出自家的窗户，然后在脑海中开门进去，或者把鼠标停在你家的楼下，好像骑着自行车和朋友恋恋不舍地在楼下告别。回家如此容易，只是那扇门始终无法开启。

想家的时候，我们都拥有想象的权利和天赋。一个年近半百的中年男人说起早年外出打拼，随身携带的是幼子的衣衫，撑不住的时候，就拿出来闻一闻，闻得到孩子的信任和依恋的奶香，于是，再难的路，也要拼尽全力走下去。

费孝通忆起初次出国，奶妈用红纸裹着从灶上取来的一抔土，悄悄地告诉他："假如水土不服，或是想家的时候，可以拿点出来煮汤喝。"思念是参天的树，长成永远，白驹过隙的只是时间。

只要有家可以思念，我们总会找到抵达的最短距离，灵魂循着风的方向溯源。

（摘自《读者》2020年第17期）

槐花落

路 明

我和小寒在傍晚的平江路散步。小寒三十出头，码字为业，半年前离开上海，和朋友在靠近平江路的南石子街开了一家名叫"素园"的民宿。说了很久了，叫我来住两天。我放下行李，跟小寒出门闲逛。初夏是美好的季节，槐花落了一地，茉莉、石榴、广玉兰开得此起彼伏，女人穿着清凉，在石板街上走来走去。当然也有男人——男人有啥看头。小寒问，以前来过苏州吗？我说来过，经常来。

我在小镇长大，小镇隶属的县城归苏州管，所以，我可以大言不惭地声称自己是苏州人，苏州乡下人总可以算的。小时候去趟苏州不容易，先在镇北的国道边乘坐开往县城的过路车，再换乘去苏州的长途车，前后折腾两三个小时。在小镇少年的心目中，苏州是一个遥远而高级的存在。比如我们的校长，学生一般只在周一的升旗仪式上见到他，教数学的老木头讲——我们都喜欢听老木头发牢骚——别看校长神气活现,每次到县城开会,就像霜打过的塌棵菜,抬不起头来。县城有重点中学,跟我们这所乡镇中学天差地别。老木头又讲,不过呢,县重点的校长到了苏州,也是把尾巴夹紧,低眉奄眼,跟我们校长一个死相。

小寒笑了,问我,那你为啥会来苏州呢?我说情况是这样的,我初中时经常参加一些数学或者作文竞赛,按一般的流程,初赛在县城,复赛就在苏州,要是能通过复赛,决赛应该在南京或者北京。一般能过初赛的,全校也就我一棵独苗了。苏州是我旅途的终点,我梦想的完结之地——整个初中三年,我从没有冲出过苏州。

当然,我可以找到一些客观理由来为自己开脱,比方说,每次我去苏州参加比赛,在老师们眼里,就是一次绝佳的公费旅行机会。那些跟我有关系的、没关系的老师,都起劲地报名,要求参与"护送"。结果是,经常有六七个老师送我一个人去苏州,有些我还不认识。我们天不亮就出门,等待头班车去县城。有个早早谢顶的男老师,每次都不吃早饭,心心念念要去朱鸿兴吃一碗正宗的红汤鳝糊面。到了苏州,照例要逛园林的,反正来都来了。上回去的拙政园,哦,那这次就去狮子林,沧浪亭下回再说。逛完一圈园子,差不多快中午了,一行人找地方吃饭。饭店就是路边店,毕竟报销额度有限。点一个酱方肉,一个盐水白米虾,来一盘红烧百叶结,加几碟清炒蔬菜,再要两瓶沙洲优黄,饭后人手一支万宝路,就很舒服、很"苏州"了。吃完饭,老师们把我送到考场——比赛一般在下午举行——就自己找地方吃茶去了。我晕晕乎乎、七荤八素地进了考场,环顾四周,都是些斯文儒雅的苏州才子才女,神情恬淡,笃定如泰山。我就明白,这次又完蛋了。苏州小姑娘的胳膊可真白呀。

只有一次,有个隔壁班的女孩也通过了初赛,跟我一起去的苏州。那回我们一行八九人，在某个园林里留了一张合影。多年前一次搬家，那张照片找不到了。我还记得，照片上的自己穿着蓝白色校服，拉链敞开，手插在牛仔裤口袋里，头歪着，装作很拽很酷的样子。女孩一身鹅黄色运动服，回力小白鞋，辫子上扎着红色蝴蝶结，笑容有些羞涩。背景是楼台亭榭、假山池沼，不远处有一棵石榴树，花开得如火如荼。

小寒顿时有了兴趣，问我是哪个园林。我摇摇头，说早不记得了。小寒说，你再回忆一下，园子有啥特点。我说，好像也没啥，就是在一条小巷子里，地方不大，一会儿就逛完了，对了，有个亭子。小寒说，废话，哪个园林没亭子。我说，亭子里有副抱柱对联，挺长，风风雨雨什么的，因为下午是作文竞赛，我用心记了一下，结果也没用上。

时间不早了，小寒告辞，我一个人回房间。前台送来荔枝和葡萄，我泡一壶碧螺春，坐着慢慢吃。失眠就失眠吧，不管了。小轩窗外，夜色沉沉。

有件事我没有告诉小寒。那天从考场出来，我们坐公交车去苏州汽车站。车里人很多，没座位，老师们三三两两地聊天，女孩站在我身边，右手拉着护栏。那是一只纤细的手，荸荠一样白，透着淡青色的静脉。到站了，我借着刹车，握住了她的手。女孩一动不动。我的心怦怦直跳，停留了两三秒钟，若无其事地把手移开。

女孩的手冰凉，像小雨一样。

晚上10点多，小寒打电话来，说，睡了吗？我说，没，什么事？小寒说，是网师园。我说，什么网师园？小寒说，你说的园子，跟女同学一起去的那个，我找人问过了，是网师园。我说，哦，你真有空。小寒说，不是亭子，是间屋子，叫"看松读画轩"，那副楹联很有名，我念给你听，上联：风风雨雨暖暖寒寒处处寻寻觅觅，下联：莺莺燕燕花花叶叶卿卿暮暮朝朝。

  第二天一早，我一个人去了网师园。园子很安静，像旧时的风景册页，次第打开，层层转进，褶皱处也是褪色的美。后来，人慢慢多了起来。日光下，有个小男孩跑累了，仰头看槐花落，说，下雪了。

（摘自《读者》2018年第17期）

补 丁
申赋渔

"还捧本书,做什么样子呢?"身后突然传来父亲冷冷的声音。

我家屋后有棵杨梅树,枝叶繁茂,撑起一大片树荫。我搬了一张凳子坐在树底下看书。其实不是书,是一个大本子,我自己用线缝的,是我初三抄了整整一个学期的《唐宋词选》。听到父亲的话,我没有抬头,拎了板凳往家走。杨梅虽然红了,却没有熟透,酸得牙都要倒了。

父亲跟在我后面:"高中你肯定考不上,趁早学门手艺,以后也好混口饭吃。"

我没有接他的话。上初三之后,父亲就不打我了。我的个子已经和他一般高,但他仍然鄙视我,不断地用语言羞辱我,他恨铁不成钢。

"我跟铁头说了,你就跟他学做皮鞋。以后穿皮鞋的人肯定会多。他现在带好几个徒弟。"

第二天，我就去了铁头家。

我没来得及学会做鞋，只在他家待了两个月，我就接到了高中录取通知书。在学做皮鞋的这段时间里，我认识了一个叫蓉儿的姑娘。我的心里第一次冒出一种朦胧的情感，让我眷恋，却又手足无措。自从那个暑假之后，我就再也没见过蓉儿，大概此生也不会见到了。

拿到高中录取通知书后，母亲洗了两条灰色的确良裤子，一条是父亲的，一条是我的。两条裤子的屁股处都有一个大洞，要补。父亲的那条改一改，也给我，这样我就可以换着穿了。平时都是母亲自己补的，因为我要上高中了，补得太难看不好，她让我去找"裁衣"，请他帮忙。

"裁衣"的家离半夏河很近，沿着河岸走就到了。

"裁衣爷爷。"我们一向这样喊他。

他抬起头，看到我手上拿的裤子："大鱼儿啊，来来来，到屋里坐。"他放下手里的木锨，从旁边井里打了一桶水，洗脸洗手。

"听说你考上高中了，好啊，是读书人了。"他已经很老了，满脸都是皱纹，头发全白了，声音也不像以前那样洪亮，然而神情变得十分慈祥。

我帮他从墙角抬出缝纫机，放在堂屋的中央。

裁衣爷爷仔细研究着两条破旧的裤子。"就是屁股那块磨穿了，其他还好。一补就好。"

我自己带了一块布，这是做这两条裤子时多出来的，一直留着，就是预备着做补丁的。他把那块布裁成四片，在裤子后面比比画画，又用剪刀剪得圆圆的，跟两瓣屁股差不多大小。他缝的补丁的确跟母亲缝的不一样。母亲只在补丁的周围缝一圈，针脚也大，如果补丁太大了，会不平整。裁衣爷爷是从里往外缝，中间一个小圆，像蚊香圈一样，慢慢向外扩展开来，在最外面一层合拢。缝好了，用手摸一摸，挺挺的，像在裤子上加了一层漂亮的铠甲。

整个下午，裁衣爷爷就忙着给我改裤子、打补丁。全部做好后，他还不罢手，又细细地查看一遍，终于看到又有两处小破损，赶紧缝上。

我说："裁衣爷爷，好了吧？"

"等等，要熨一下，熨一下就平了。"他从一个架子上拿下一只铁熨斗，掀开盖子，在里面放了两块木炭，用火柴点着。

木炭的火腾腾地烧起来，裁衣爷爷不管它，把它搁在桌上一个小铁架上。他出去端了一碗水，把裤子平平地铺在桌面上，喝一大口水，"噗"的一声，喷在布面上，拎了熨斗，在上面一走，立即就冒出了水汽。被他这么来来回回一熨，裤子变得有模有样，像新的一样了。

裁衣爷爷把裤子叠得方方正正递到我手上说："开学的时候再穿，就有上高中的样子了。"

开学了。高中离家有十多里，在南边一个小镇上，仍然需要住校。住校好，可以离开家。班长、各学科的课代表都是按照成绩指定的，只有体育委员，老师让大家毛遂自荐。我立即举手，说："我行。"

"好，你先代理，过段时间正式选。"

这是我学生生涯中唯一一次担任学生干部，虽然只做了三个星期。

我是有多喜欢这个职务。天不亮我就起床，早早赶到教室，等人来得差不多了，我就喊："集合了，集合了。"

我领着队伍一路跑到操场上，在操场上跑圈。每次跑步时，都是女生在前，男生在后。领跑前，我都要到厕所，用水把头发梳整齐，把衬衫扎在裤腰里。在操场上跑圈的时候，我不能只是呆呆地领跑，要有花样，偶尔转过身，倒退着，一边跑，一边嘴里大声地喊"一、二、三、四"，大家就跟在后面喊。每次晨跑结束，我的嗓子都要哑好半天。

开学两周后，男生们已经打成一片，但男生与女生还是不来往。如果哪个男生与女生说话被看到，就会有人起哄。有一天，我们在操场上已经跑了好几圈，速度越来越慢，天终于亮了。我又身子一旋，转过来，退着小跑。刚一转身，就看到有女生朝我嘻嘻地笑，看到我，又装作若无其事。等跑步结束，我悄悄把浑身上下检查一遍，可是没什么异样。

这样的嬉笑，在接下来的几天里，因为我的格外留心，又几次见到，仿佛她们看到我背后有个奇怪的东西。我一边跑，一边下意识地用手摸摸后面。我突然摸到了屁股后面那两块补丁，硬硬的、像铠甲一样的补丁。我的脸腾地一下涨得通红。

这一天，我细心观察班上每一个同学——也有同学穿了有补丁的衣裳，只是补丁很小，或者很隐蔽，丝毫不引人注意，不像我的补丁，那么大，那么明目张胆，从远处看，像一只怪兽的巨眼。再走近，这巨眼还是一圈一圈的复眼。

在此之前，我对穿什么样的衣服没有丝毫的概念，长一些、短一些，肥一些、瘦一些，都无所谓。我不知道美，也不在乎丑，完全混沌一片。当早晨的黑暗慢慢褪去，阳光从东方照过来，我裤子后面的两只大补丁清晰地呈现在同学们眼前的时候，我突然一阵羞愧。

这羞愧是长大的标志。也许每个人一生中，都有这样一天，陡然间一道闪电，劈开懵懂。如果没有少年时那电闪雷鸣般的唤醒，混沌一生，固然没有痛苦，也便没了快乐。现在我醒了，这就是另一个世界了。在此之前，我只是一个容易冲动的孩子，不懂得大自然的美，更不会在意异性的美。我虽然读了很多小说与古典诗词，可从来没有把它们与我的生活联系起来。小说对我最大的影响，就是跑到村外的田野里，拔一根篱笆上的竹竿，当成"赵子龙"或者"岳飞"的枪，舞得像车轮一般，在庄稼地里左冲右突。那么多年下来，不但英雄气概没有一丝一毫的增加，还糟蹋了许多庄稼。现在，在我脱下那条打着硕大补丁的裤子时，所有我读到的文学上的美，立即注入我的心灵，并与我融为一体。

我发现了我。

（摘自《读者》2020年第15期）

告别印象主义

刘 瑜

晚年的胡适真是个老小孩。有人去看他,谈话间引用古人名句"为天地立心,为生民立命",他回应道:"为天地立"是什么意思?你能给说清楚吗?以后这种说不清楚意思的东西就不要再说了。

我想象他说这些话时的神情,一脸的孩子气,有点不耐烦。一辈子死不悔改的实证主义者,最看不惯的就是含糊其辞。

回想我自己,也常常这样不解风情。比如,读到"道生一,一生二,二生三,三生万物"这样的千古名句时,我就忍不住困惑:这里的一、二、三后面的量词以及量词后面的名词是什么呢?又比如,理学大师朱熹讨论先有理还是先有气:"此本无先后之可言,然必欲推其所从来,则需说先有是理。然理又非别为一物,即存乎是气之中,无是气,则是理亦无挂搭处。"读到这样的文字,我又会不识趣地想:朱博导啊,能否定义一下什么是"理"、什么是"气"？

实证精神大约是中国文化里最缺乏根基的传统之一。据说中国人崇尚的是"意境美"，不屑于西方人把鼻子画成鼻子、眼睛画成眼睛的透视观，又据说中国人精于"整体主义"观，看不上那种"头疼医头、脚疼医脚"的认识论，于是在意境美和整体主义的感召下，中国一切学问往往都被搞成了文学。伦理学、政治学、哲学就不说了，连医学也是如此，"肝属木，心属火，脾属土，肺属金，肾属水"，修辞真工整，意境真优美。而这种语义含糊、逻辑不详、论据朦胧的"印象主义"在今天中国的知识界仍然大行其道。

而实证是什么呢？实证无非就是个推敲，就是多问个"此话怎讲"以及"何以见得"。用科学的语言来讲，就是一讲逻辑，二讲论据。在讲求意境美的文化里追究逻辑和论据是讨人嫌的，主要是破坏气氛。人家在那翩翩起舞如痴如醉呢，你咳嗽一声说：这个这个，您的裤子拉链没有拉紧。

一个简单的道理是：逻辑和论据当然不可能说清所有的社会现象，但是有逻辑和论据总比没有好一些。中国近代以来的知识分子里我最爱的还是胡适和顾准，因为在一个几千年陶醉于"意境美"的文化里，他俩一个讲实证精神，一个讲经验主义，不狐假虎威，不故弄玄虚，倾心于"此话怎讲"和"何以见得"这样朴素的思维方式。当然他们因此也分外孤独。

今天的知识界是否好些了呢？我放眼望去，一堆人在玩前现代，另一堆人在玩后现代，独独中间那一望无际的空地上，仍然人迹罕至，凄凉无比。

（摘自《读者》2016年第11期）

快递里的深情

艾 科

自从故乡小镇上有了快递网点后,我隔三岔五就会给在老家的父亲邮寄一些物品。起初,父亲听说需要凭借手机取件码才能取快递,吓得不知如何是好——思想保守的他,最怕接触新鲜事物。他生怕一不小心就把银行卡里的养老钱"捣鼓"没了,所以给他买的智能手机,也成了可有可无的摆设。

父亲的忧惧丝毫阻挡不了我往家里邮寄东西的热情,每次收到取件短信后,他都不得不硬着头皮开着电动三轮车,去距家4公里的集镇上取件。一段时间过后,取的快递多了,父亲便不再惧怕其中的"深奥"与"烦琐",以至再收到取件短信时,都会喜不自胜地直奔集镇。而快递,也成了我们父子之间紧密的温情纽带。

一个平淡无奇的周末,我打电话告诉父亲,我准备再给家里邮寄一点东西回去。父亲忙不迭地一口回绝："家里什么都有，千万别乱花钱！"我说东西都已打包，明早就能发出。父亲一听木已成舟，也就不再做无谓的争辩了。他放低声音问我这回又寄了什么，我说有给奶奶的保健品，给他的茶叶，给小侄女、小侄子的烧鸡，还有一些山野干货。

后来的日子里，我经常出其不意地给家里寄东西，父亲每次收到快递后，都会打电话将我"训斥"一番，且每次"训斥"的时长都在一刻钟以上。父亲的"训斥"蕴含着一个规律——先是将我"骂"得狗血喷头，后又对我关怀备至。不管父亲多么怒火中烧，我都会心花怒放，因为从他那声情并茂的"训斥"里，我能够感受到父亲很是享受在乡亲们的见证下，频频收到儿子寄来"孝心包裹"的自豪感。而对我来说，能够时常在电话里听到父亲"声嘶力竭"的"训斥"，亦是十分开心的事，至少可以说明，声如洪钟的父亲，身体依然康健，精气神依旧十足。

一个春日的下午，我突然收到一件发自老家的快递，拆开一看，顿时泪奔——里面是一双父亲做的布鞋，这也是他老人家给我寄的第一件快递。我记得曾在无意间和他说过，我特别喜欢穿他做的布鞋，没想到随口说的一句话，父亲竟然记在了心里，并重拾起搁置了多年的手艺，给我做了这双布鞋。父亲的视力虽大不如前，体力也每况愈下，但针线活的功夫依旧不减当年。那一针一线犹如他那鬓角的白发，洗尽了平凡岁月的铅华，凝结着血浓于水的真爱。捧着那双布鞋，我再度潸然泪下。

渐渐地感受到了快递带给生活的便利后，父亲也开始频繁地给我邮寄东西，只是他寄的物品大都非常经济实惠。比如，春天，他会给我寄香椿和野菜；夏天，寄瓜果和蔬菜；秋天，寄玉米和黄豆；冬天，寄土豆和红薯。自家地里一年四季产的粮油果蔬，他都会第一时间给我寄来让我尝鲜，以致后来他每次给我打电话的结束语，都变成了"缺啥少啥和我说，我给你用快递寄过去"。

　　快递，让相隔两地的父子，忘却了时空的距离。我们频繁给对方邮寄的东西，并非都是真正所需之物，我们邮寄的，其实是一份份沉甸甸的期盼、祝福和牵念。在多少个无眠的夜晚，我看着父亲寄来的包裹泣不成声，但我希望父亲不要像我这样伤感。我期盼自己寄出去的每一份快递，都是一剂纾解思念之苦的灵丹妙药，更祈愿这一份份蕴含在快递里的绵绵真情，会馨香恒远、历久弥坚。

（摘自《读者》2021年第1期）

朗月照人

钱　杨

天以百凶成就一词人

叶嘉莹少年时就表现出兼具悲悯与智慧的"诗心"。这得益于她的家庭教育。旧学修养极深的伯父是她的启蒙之师。伯父给了她一本诗韵，教她"一东，二冬，三江，四支……"在她10多岁时，伯父就出题让她作诗。叶嘉莹记不起自己第一首诗的全部细节，只记得那是一首关于月亮的诗，用的是十四寒的韵。

王国维曾有一句感叹："天以百凶成就一词人。"叶嘉莹忧患不断却成就斐然的一生，正是对这句话最好的注解。

自少年时代，叶嘉莹就经历了国仇与家难的双重变故。她一生少有安稳的日子，经历了3次大的灾祸。17岁丧母，让她比一般人更早明白了生死离别之意。

1948年，她随丈夫渡海抵台。台湾当局施行白色恐怖政策，丈夫因思想问题入狱，她和幼女也一度被拘，政治风暴让她无以为家。那时，她常常做"回不去"的梦。梦中回到老家北平的四合院，但所有门窗紧闭，她进不去，只能长久徘徊于门外。她还常常梦到和同学途经什刹海去探望老师顾随先生，却总是迷失在又高又密的芦苇丛中。

几年后，丈夫出狱，却因长期囚禁性情大变，动辄暴怒。为了老父和两个读书的女儿，她辛苦教书维持整个家庭，极尽忍耐，以平静示人。

王安石的《拟寒山拾得》把她从悲苦中提振了起来。其中一句，"众生造众恶，亦有一机抽"，如当头棒喝。她跟自己说，要把精神感情完全杀死，杀死了，就不会再烦恼。

"我们在大时代的战乱变化之中，真是身不由己。把你丢到哪里，就落到哪里，都不是你的选择。"在一篇文章中，她提出"弱德之美"的概念，说诗词存在于苦难，也承受着苦难，因此是"弱"的；但苦难之中，人要有所持守、完成自己，这是"弱德"。她说自己一生没主动追求过什么，面对不公和苦难只有尽力承担。她极其坚韧，"把我丢到哪里，我就在那个地方，尽我的力量，做我应该做的事情"。

1969年，叶嘉莹携全家迁居加拿大温哥华。

"我的忧患总是接连而至的。"在一次讲座上，她念起一首诗的诗引，"1976年3月24日，长女言言与婿永廷因车祸同时罹难……"她左手拿着讲稿，右手撑在讲台上，短暂地沉默了一会儿。

"平生几度有颜开，风雨逼人一世来""痛哭吾儿躬自悼，一生劳瘁竟何为"。她叹命运不公，反思劳瘁一生的意义。"我半生漂泊，辛辛苦苦维系着我的家庭，而我的大女儿和大女婿居然遭遇了这样的不幸。"

经过这一轮苦难，叶嘉莹突然觉悟，"把一切建在小家、小我之上，不是终极的追求和理想"。

1978年春天的一个傍晚，她独自穿过一大片树林去投一封寄往中国的信。在那封信中，她向中国政府申请回国教书。她说自己一生"很多事情没有选择的余地"，而这次是她唯一一次主动争取。从家中出来时，树梢上还有残阳余晖；往回走时，天色全暗了。那个黄昏，她一直在思索如何对待余下的日子，"唤起了我年华老去的警醒"。她当时写了两首诗，其中有这样两句："漫向天涯悲老大，余生何地惜余阴。"

1979年，她收到中国教育部批准她回国教书的信，安排她先去北大教书，不久后又应李霁野先生之邀去了南开。每年3月，温哥华的大学停课放假了，她就回到国内讲学。如此奔波30多年，直到2014年，她决定不再越洋奔波，定居在南开。

"所以我就回来了。"叶嘉莹放下讲稿，露出了笑容。

莲心不死

回忆初回南开时的讲课盛况，叶嘉莹依然很兴奋："那个房间里坐得比现在还满。"她朝台下比画着。台阶上、窗台上都坐着学生。

叶嘉莹白天讲诗，晚上讲词，学生听到不肯下课，直到熄灯号响起。她写了"白昼谈诗夜讲词，诸生与我共成痴"的句子，形容当时的场面。

"文革"刚过去，学生对于新知和旧学，尤其对承载着真善美的诗歌，有极大的热情。叶嘉莹继承了她的老师顾随先生的讲课风格，"纯以感发为主"，全任神行，一空依傍，注重分享心灵感受。

这是很多学生和教师闻所未闻的教学方式。课后，有很多学生给她写信。徐晓莉是其中之一，她写信告诉叶嘉莹，听了她的课，"我的人生就这样开始改变了"。

叶嘉莹在诗词教学中投入了深情。每次讲杜甫《秋兴八首》，念到"夔府孤城落日斜，每依北斗望京华"二句，总因为长久思念故乡而泪水涌动。学生钟锦说："她不是把它（诗词）作为一个客观的学术对象，她是把学术、诗词本身和她自己的生命融为一体了。"

得知她有回国定居的打算，一些海外诗词爱好者与南开大学校方联系，出资为她在南开盖了"迦陵学舍"，名字取自她的号"迦陵"。她喜欢南开马蹄湖的荷花，于是学舍就建在湖畔不远处。她的母校辅仁大学当年在恭王府，师生常在海棠树下作诗。恭王府的工作人员移植了两株西府海棠栽在学舍院子里，满足了叶嘉莹的怀旧之思。

"现在已经完成了。"她露出笑容说，"所以我很高兴。终于有了一个归来的所在。"

叶嘉莹现在依然独立生活。她说自己有诗词为伴，不需要人陪。她对诗词投入了最多的情感，其外的事情，她都不在乎。她经常引用《论语》的话，说："士志于道，而耻恶衣恶食者，未足与议也。"

如今，学生是她最亲近的人，他们傍晚陪她散步，她生病的时候他们在医院照料。

叶嘉莹形容自己是受了"旧道德、新知识"教育的人。这让她形成了遇事退让、平和不争的性格气质，但该做的事情她会做到最好。她自己不争，也要求学生不争。别的导师会为学生发论文托人、打招呼，她却不肯为学生到处请托。在功利倾向日益明显的学术界，她的学生发论文自然就没有别人的学生"便利"。但她坚信，好的东西，不需要走后门，别人自然能识得它的好。她公开对外说:"给我做学生就得吃亏。"

叶嘉莹心里清楚,诗词在现实世界里不能直接带来利益。前些年她收了一个学生,原本是学法律的,爱好诗词。叶嘉莹收了,但劝对方法律也继续学,因读诗词不好找工作。好在她的学生们也不为功利而来,能沉下心追随她,甚至有几位数十年来一直追随在她身边。

近些年,她把在海外多年的教学资料、录音录像一箱一箱地往回搬。其中包括她学生时代听顾随先生课时记的笔记。动荡岁月中,她曾把这些笔记宝贝似的带在身边。它们现在已由顾先生的女儿整理出多种著述。至于近年带回来的许多资料,她希望自己能在短暂的余年中,把它们整理出个样子来。

从55岁第一次回国教课至今已有39年,她仍觉得太短,感叹自己回来晚了。现实景象提醒她时间在流逝——每年秋天回到南开,马蹄湖的荷花凋了大半。早年她就写过这样的诗句:"甘为夸父死,敢笑鲁阳痴。"她解释道:"夸父是追太阳的。我没有什么大的本领,也没有什么大的学问,我也做不出什么大事来,但是我真的喜欢诗词。我看到了诗词的好处,我应该把我见到的好的东西说出来、传下去。"

叶嘉莹写过一首《高枝》,其中有这样两句:"所期石炼天能补,但使珠圆月岂亏。"诗中包含了她晚年的心愿——炼石补天般地传承中国古典诗词;也表达了对年轻人的期待,生怕他们对诗词之美无知无觉,"如入宝山,空手而归"。

诗的后一句来自民间传说。相传海中蚌壳里的珍珠圆了,天上的月亮也就圆了。叶嘉莹将其义引申开来,说只要每个人内心的"珠"是圆的,那天上的月亮就是圆满的、不亏的。她放下讲稿,望着台下说:"我虽然老了,还是有这种痴心在。"

《考古》杂志刊登的一篇报道，让她相信古典诗词文化终能"珠圆月满"。因为报道说，两颗从汉朝坟墓中挖出来的莲子，在精心培育之下，奇迹般地长出了叶子、开出了花。"莲花落了有莲蓬，莲蓬里边有莲子，莲子里边有莲心，而莲心是不死的。"叶嘉莹受其鼓舞，写了一首《浣溪沙》，词中说："莲实有心应不死，人生易老梦偏痴。千春犹待发华滋。"

　　此后，在很多场合，每当人们问起她对诗词文化未来传承的看法，白发苍苍的叶嘉莹总是复述这个故事作为回答。

（摘自《读者》2018年第19期）

冬日暖炉会

韩良露

台北曾经比现今要冷许多，根据清朝的文献记载，台北盆地在冬日大寒时会下薄雪，大地也会冻出冰裂纹，但那样的景象我从未见过。从我有记忆以来，台北从未下过雪，但过往的冬天却比现在寒冷许多。记得童年冬日上小学时，都得戴帽子和手套，走在路上呼出的每一口气都会结成白雾，清晨的街道，常常见到冷空气像浮云般飘荡。

在那样的冬日，每一年家中都会有一个特殊的日子，那天爸爸会邀请一起跟他到台湾的家乡亲友，几十个人在过年前团聚。因为人多，每次都是起个暖炉吃火锅、喝白酒，谈谈家乡旧事。那时，还十分年幼的我，总不懂有的大人为什么会说着说着就涕泗横流，但之后又立即大块吃肉、大口喝酒，这些人总是红着眼眶，也不知是因为喝酒还是流泪。

每年举行的冬日暖炉会，成了爸爸壮年时的重大事件。记得我上小学五年级时，有一回爸爸带我到家附近的小山坡上，指着一只黑色的山羊，说他已经订了这只羊，那只山羊的身影就一直留在我的脑海里。那一年深冬，家中来了几十个叔叔伯伯婶婶阿姨，家里开了好几桌，还请了人在厨房里专门切羊肉。那一天，大人们吃涮羊肉吃得不亦乐乎，但始终记得那只山羊的我，一口也没吃。

我一直不太明白爸爸为什么要年年办暖炉会，也因为小，我没注意到参加的亲友从我上了中学后就开始慢慢减少。刚开始减少的速度很慢，每三五年会听到"老王走了""老张走了"之类的话，但等爸爸六十岁之后，爸爸的长辈突然大幅减少，三伯不在了，五叔不在了，老陈也不在了。参加暖炉会的几十个人，慢慢变成二十几人，又变成十几人。暖炉会吃的火锅，也从全羊锅变成比较简单的酸菜白肉锅。

爸爸七十几岁后体力变差，暖炉会也改成吃更简单的家庭火锅，这些从前大口喝高粱烧酒的汉子都改成喝小酒，也不见一边谈家乡事，一边掉眼泪的情景。亲友中有人回了大陆老家居住，两岸跑来跑去的人都成了家乡新闻旧事的"报马仔"。

我在三十多岁后，逐渐关心起爸爸暖炉会的人丁凋零：每年都会带好吃的自制香肠的老夏去了，我爱的滋味从此消逝；爱说笑话的四叔走了，聚会时似乎笑声也减少了。每一年来暖炉会的人越来越少，也有住在南部的爸爸的老友身体不好，没办法在冬天北上，还有人住进了老年赡养中心。

爸爸八十岁后，暖炉会只剩下七八个人，然后年年递减，前年走一人，去年又走了一人，今年又走了一人，聚会时只剩下五个人了。但这些老人，至少和老友年年相聚一次，且越活越像年轻人——聚在一起玩家乡纸牌的他们，竟然可以玩到凌晨三四点，第二天早上九点起床吃完早餐继续玩。虽然我十分担心他们的身体，却又不忍强力阻止这些都已经八十多岁的老人做他们青春时期曾疯狂做的事。

在寒冷的日子里，爸爸用火炉持续点燃他对家乡和亲友的爱。

也许是受爸爸暖炉会的影响，我在伦敦旅居时，也会在家中办暖炉会。伦敦的冬日偶尔会下雪，下雪时节最常在一月下旬，我也多选那个时候在家里准备火锅。在伦敦吃火锅是很奢侈的事，因为唐人街的中餐馆根本不敢卖火锅，生怕外国人不小心烫伤舌头或喉咙，会要求重金赔偿。

我的冬日暖炉会，也深受各国友人的欢迎。在伦敦居住的五年，不知是否因为暖炉会，我交到的好朋友，竟然大多是一起吃过火锅的，比如西班牙友人瑞美、安东尼、荷西、苏菲亚，以及法国友人伊莎贝、安德烈、米榭儿、提里埃……难道是因为共食过彼此的口水吗？也许是寒冷冬日围聚在一起吃火锅，更容易培养出亲人般的温情。

我这一生吃过的盛宴无数，但只有冬日暖炉会最容易打动我的心灵，让我强烈地感受到人与人共食的亲密与温暖。这些关于暖炉会的记忆，早已转化成维系一生一世的情谊，在寒冷的冬日，点燃、温暖了我们的心炉。

（摘自《读者》2021年第23期）

读懂《西游记》，就读懂了人性

甘蓝蓝

1

心理学家马斯洛从人类动机的角度，提出了经典的需求层次理论。他认为，人的需求由生理的需求、安全的需求、归属与爱的需求、尊重的需求、自我实现的需求五个等级构成。

《西游记》中师徒五人（加上白龙马），刚好对应了这五大需求。

八戒代表人的生理需求，他被贬下界是因为色欲，一路上激励他向前的因素主要是食物和美女。生理需求在人的需求中最重要，也最有力量。

沙僧代表人的安全需求。人们需要稳定、安全，受到保护、有秩序，而沙僧因为打碎玉帝的玻璃盏被贬流沙河，每七天就要遭受一次万箭穿心之苦。只有帮助唐僧取经，他才能摆脱折磨，回归安全、有序的生活。

白龙马代表人的归属与爱的需求。一个人要与其他人建立感情的联系或关系，获得归属感和被爱的感觉。他之所以从龙王三太子变成一匹马，是因为自己快结婚时，发现新娘和九头虫暗通款曲，一怒之下烧毁了玉帝赏赐的夜明珠。

唐僧对应着人的自尊和受到别人尊重的需要。师徒五人当中，只有他没有打怪的技能，激励他经历九九八十一难的动力是成就感、被尊重、被欣赏。

技能最多的孙悟空，代表的是人的最高——自我实现，也就是人发挥自己的潜力，表现自己的才能，实现成就的需要。悟空之所以能对唐僧不离不弃，一路西行，激励他最重要的因素，是他通过自己的能力达到"成佛"的目标。

孙悟空经历了人生的三个阶段：第一个阶段从石猴到美猴王，他天生不凡，敢封自己为"齐天大圣"。他就像一个不知道天高地厚的孩子。

第二个阶段从弼马温到被压在五行山下，以为自己被重用，结果发现只是一个小角色。他受不了委屈，不惜大闹天宫，结果，真正掌握规则的如来，反手就把他压在五行山下，像极了每一个在社会规则中摸爬滚打的普通人。

第三个阶段是从上路取经到最后成佛。那时候他学会了承受困难，不再张扬。懂得取经是他唯一能实现自我价值的途径，不管遇到什么样的困难和委屈，他都视之为自己的试炼场，有妖降妖，遇怪打怪，直到达成目的。

这场从"妖"到"佛"的蜕变，何尝不是人生的写照。

2

孙悟空的蜕变之路，有两条线索并行。

一是为了技能升级和求取真经所受的苦，二是对本能和欲望的克制。

在还是一个石猴时，他为了提升技能，访仙问道。他乘坐竹筏出海，冒着随时可能被风浪吞没的危险，在海上漂荡了八九年，最终找到了教他七十二变的菩提祖师。

但从踏上取经之路起，他就开始了修心之路。

技能满分的他，有两次放弃取经的机会，回去过逍遥快活的日子。但是为了给自己一个真正的佛的头衔，为了使命，他都选择了归队。

第一次，孙悟空跟着唐僧上路不久，就在路上杀了几个盗贼，唐僧怪他杀生。不耐烦的悟空拍拍手就走了，只潇洒地留下一句："俺老孙去也！"

他飞去东海龙宫和龙王诉苦，准备回花果山做美猴王。龙王几句话就打消了他的这个念头："大圣，你若不保唐僧，不尽勤劳，不受教诲，到底是个妖仙，休想得到正果。"

悟空听后，沉默了半天，思考要何去何从。龙王就补充说："大圣自当裁处，不可图自在，误了前程。"

这句话点醒了悟空，要自在，还是要前程？当然是前程，于是他又回去了。

这一回，也提醒了观音菩萨，给他戴上了紧箍咒。

第二次，悟空受的委屈更大，三打白骨精之后，唐僧写了贬书，正式将他逐出师门，甚至发誓说："如再与你相见，我就堕了阿鼻地狱！"

孙悟空只好带着不甘回到花果山。走投无路的猪八戒去求他回来，他带着八戒看自己的日子有多逍遥。

最后，八戒用了激将法，编了一堆妖怪骂孙悟空的话来激怒他，气得悟空说："我这去，把他拿住，碎尸万段，以报骂我之仇！报毕，我即回来。"

等到除了妖怪，师徒的误会解除，孙悟空自然而然地又回到了取经队伍。

这时候的他，明确了自己的追求，为了实现目标，他可以放弃花果山逍遥自在的生活，可以忍受取经之路的艰苦，也可以包容师父偶尔的固执。

3

一位研究《西游记》的学者曾说："'悟空'二字，就是整部《西游记》的核心所在。"

师徒一行要取得"三藏"，必要做到悟净、悟能、悟空。可以说，"三藏"是取经的形式，而"悟空"是佛教的根本，也是取经的根本。

所以，师父"三藏"代表的是形式上的主体与核心，而只有达到"悟空"的境界，才能取得真经。

这一路，他戒掉七情六欲，也戒掉了反叛之心。

《西游记》研究者普遍认为，"真假美猴王"是悟空成长路上最重要的一课，在那之前，他常常不听从唐僧的指令，师父说不能杀妖精，他偏要杀。而在悟空遇到六耳猕猴之后，唐僧再也没有念过紧箍咒，因为悟空的"二心"死了，也就是那颗不安分的、想反抗的心死了。

而他的七十二变，则代表念头的变化。一个"筋斗云"十万八千里，长度与取经要走的路程相同。也就是说，取经路其实就在一念之间，善与恶，苦海与极乐，都在一念之间。

就像观音菩萨在书里点化的那样："菩萨、妖精，总是一念；若论本来，皆属无有。"

悟空的取经之路，有磨砺，有欣喜；有委屈，有乐趣；有得到，也有放弃……像极了每个人追求目标、实现自我价值的过程。

如果《西游记》只是一个打怪升级的神话故事，绝不会跻身于四大名著之列。其实，它是以求佛为名，写人的自我修行和磨砺。

吴承恩创造了一个宏大的世界，从人间到佛教世界、道家世界，每个世界都有自己的生存规则。其中的人物，从孙悟空到如来、玉皇大帝，甚至一个个不起眼的小妖精，无论出场时间多短，每个人物都有自己的灵魂，有不可取代的位置。

（摘自《读者》2021年第11期）

第四位诗人

林清玄

四位诗人得到一瓶珍贵的陈年葡萄酒。他们拔出酒瓶塞,让那酒清醒过来,酒香溢出的时候,诗人们的内心开始骚动。

第一位诗人说:"我用内在的眼睛,就能看见酒的芬芳在空中徘徊,像一群鸟飞入满是精灵的森林。"

第二位诗人说:"我用内在的耳朵,就能听见酒的香气,像鸟的歌唱,又像蜜蜂飞入了白玫瑰的花瓣。"

第三位诗人闭上了眼睛,高举一只手,说:"我用手就可以摸到这酒的芳香,我感觉到香气的翅膀像花仙子碰到我的手指。"

三位诗人全闭起眼睛,伸手去触摸空中的香气。

第四位诗人拿起了酒瓶,喝到一滴不剩。其他三位诗人张开眼睛,吃惊地望着他。第四位诗人说:"我太迟钝了,没有那样的境界,我看不见酒的芬芳，听不见香气的歌唱，也感觉不到翅膀的拍动，我只有用嘴喝它，希望我的感官可以更灵敏，把我的境界提升到你们的高度。"

这是纪伯伦写的一则寓言，嘲讽沉醉于空想而不切实际的诗人。

这使我想起青原惟信禅师说过的话：

"老僧三十年前，未参禅时，见山是山，见水是水。及至后来，亲见知识，有个入处，见山不是山，见水不是水。

而今得个休歇处，依前见山只是山，见水只是水。"

诗人与平常人相比，大约是在见山不是山、见水不是水的境界，他们的见解、体会与众不同；他们喜欢繁复、瑰丽——繁复能使简单的变得多姿，瑰丽能使平淡的变得多彩。

诗人创造奇境，善者使平常的本质益为华丽，恶者恶紫夺朱，使人忘记了本质。

喝葡萄酒，使用的是舌头与鼻子，虚华的诗人却用了眼睛、耳朵和手，那最后一饮而尽的诗人，才是懂得喝酒的人呀！因为，他活在当下，活在美丽的当下。

不只喝一瓶葡萄酒，实际的人生也是如此。我们在青春少年时代，依恃着单纯的意志，有着天真而远大的理想，鼓琴当歌、有酒当醉，在爱情与友情里刺血立誓，全身的每一个细胞都充满了热情与勇气。

见山是山，见水是水。

然后我们掉入红尘的大河，受到波浪的撞击、瀑布的捶打，或载沉载浮，或随波逐流，或同流合污。我们知道：人生不是那么单纯！生活不是那么简易！情感不是那么清澈！我们穿着名牌服饰，谈着没有边际的话题，与所有的人寒暄、擦身而过，再也没有什么热情了。

见山不是山，见水不是水。

有一天，我们从漂流的河中醒来，惊觉小舟穿行于两岸之间，如果抬眼看岸，会发现风景在移动；如果回观身处的小舟，会知觉小舟在移动。不论是舟行还是岸移，在生命的河流里，不动是不可能的。在岁月的漂泊中，岸上的人看船，或船上的人观岸，感受是完全不同的。

因此，做自己吧！回到质朴、真切、天然的自己，你管别人怎么看！你管别人怎么想！你管别人怎么说！你只在乎自己的内心，甚至连在乎也无。

见山只是山，见水只是水！

我用眼睛看美丽的风景，我用耳朵听远方的鸟鸣，我用双手触摸清凉的河水，我用鼻子嗅闻幽微的花香。

我的舌头只用来品尝生命的美好滋味。

我要做第四位诗人！

（摘自《读者》2016年第7期）

这就是母亲

蒋 勋

一月七日,我从高雄坐高铁到台北。因为是直达台中的快车,上了车我就放斜椅背,准备休息或看书。

车快要启动前,忽然听到喧哗吵闹的声音,从七号车厢的后端入口处传来。许多乘客都被这不寻常的骚动声惊扰,回头张望。

我坐在最后一排,声音就近在身边,但是看不到人。是粗哑近于嘶吼的声音,仿佛有人趴在车门边,一声一声地叫着:"你带我去哪里呀——你带我去哪里呀——"

然后,七车的乘务小姐神色仓皇地出现了,引导着两位纠缠拉扯的乘客入座。

车子缓缓开动了,这两位乘客终于坐定,就在我座位的斜前方。

其中一位五十岁上下的妇人,身躯很胖,脸有点变形,她继续嘶吼咆哮着:"你要带我去哪里呀——我不要去——"她像耍赖的孩子,双脚用力跺着车厢地板,用手猛力拍打前座的椅背,吼叫:"我不要去——"

许多乘客都露出惊惶的眼神,前座的乘客悄悄移动到其他较远处的空位上。

在第七节车厢遇到过衰老的人、肢体残障的人、失明的人、坐在轮椅上的人、手脚抖动的帕金森症患者,但是第一次遇到"智障"的乘客。

我没有想过,身体有这么多艰难。智障,当然也是一种生命的艰难吧。

我在斜后方看着这智障的妇人:肥胖得有点失去了轮廓的躯体,浓黑的眉毛,宽而扁平的颧骨,张着口,粗重的喘息,不断四下张望的仿佛被惊吓到的眼神。

这样不安、这样躁动、这样仓皇、这样惊恐,仿佛被围猎的野兽,无处可逃。

我或许也被吓到了吧,便一直凝视着这智障的妇人。她忽然回过头,跟旁边一直安抚着她的另一个妇人说:"我要吃——"

另一个妇人年龄在七十岁到八十岁之间,很苍老,一脸皱纹,黧黑瘦削,但是身体看起来还硬朗。她即刻从一个手提袋里拿出一包鳕鱼香丝,递给智障的妇人说:"吃啊,乖喔——"

智障妇人迫不及待,一把扯开玻璃纸袋。一条一条像纸屑一样的鱼丝飞散开来,撒落四处。老妇人赶快俯下身去,一一拾捡,放进智障妇人的手中。

有一些飞散在我身上,我捡起来,交给老妇人,她回头说:"谢谢。"

我笑一笑,问她:"女儿吗?"

她点点头。

她的女儿把鳕鱼香丝塞进口里,大口咀嚼,鱼屑一片一片从嘴角掉落,母亲则不断为她擦拭着。

女儿好像安静了下来,但会不时突然惊惶地问:"你要带我去哪里?"

母亲很耐心地说:"出去走走啊,闷在家里怎么行?我们在别处旅行不是也坐火车吗?"

一位近八十岁的母亲,照顾一个年近五十岁的智障女儿,那是多么漫长的一段岁月啊!作为母亲,她也曾经懊悔过吗?愤恨过吗?厌烦过吗?觉得羞辱过吗?想要逃避过吗?

我在斜后方,做着我应该做的功课,知道自己没有能力做得比这一位母亲好。

母亲安抚了躁动惊惶的女儿,女儿仿佛睡着了,母亲为她盖上外套。趁女儿睡着,她从手提袋里拿出像是女性刷睫毛的小圆筒,抽出蘸黑膏的小刷子,为女儿刷染头上花白的头发。车窗外夕阳的光,映照着母亲挑起的一缕一缕的发丝,发丝由白变黑。

我知道自己还有很多生命的功课要做,比艺术更重要的功课,比美更重要的功课。

(摘自《读者》2018年第18期)

伊斯坦布尔的气味

周云蓬

凌晨3点,远远近近的清真寺开始吟唱,一声高亢的长音,引领着更远的短音,起起伏伏地飘到海上。大群海鸟拍着翅膀,鸣叫着飞过屋顶,不是公鸡报晓,是忧郁的气氛唤醒你,你醒了,想起自己在伊斯坦布尔。

作家帕慕克是这座城市的气味。我读着他的小说《白色城堡》《我的名字叫红》,还有《伊斯坦布尔:一座城市的记忆》,一边读,一边在这座城市里住下来,吃烤肉,喝拉克酒;还有一种酸奶,里面加了盐,是我的最爱,叫作Ayran,我曾经一口气喝了十几杯。帕慕克的小说里经常提到金角湾,好名字,我就找金角湾附近的民宿住。他说的横跨金角湾的加拉塔大桥,我走了好几趟,桥上有人垂钓,桥头路边摊的烤鱼又新鲜又便宜。他讲伊斯坦布尔的细密画:失明就是寂静,是绘画的极致。我想象着那样的画,一定是浓艳的、热闹的色彩,衬之以幽暗的背景,就像垂挂着厚厚窗帘的窗台上摆放的香水，瓶口敞开。红色的叫作火焰天使，蓝色的叫作博斯普鲁斯海流；红色的味道如新婚，蓝色的像金婚纪念日。

《纯真博物馆》本来是帕慕克的一本小说，但他把虚构的小说落实成一座博物馆。我们沿着独立大街寻找纯真博物馆，捉迷藏一样地在大街小巷中钻进钻出，终于找到那栋小红楼，旧旧地矗立在胡同的角落里，里面展览的都是日常用品，以及小说里提到的小物件、装饰品。伊斯坦布尔过去的痕迹都活在这儿：满墙的烟头、大茶缸、蝴蝶胸针、小瓷狗；还有衣裙，空空的，挂在那儿，好像里面故人的灵魂鼓荡着不愿离去。一座城市年深日久，就会成精，幻化出一个具体的肉身，说话、思考、行走在尘世。

帕慕克就是伊斯坦布尔的精神。鲁迅是绍兴的精神，张爱玲是老上海的精神，老舍是北平的精神，卡夫卡是布拉格的，萨拉马戈是里斯本的，沈丛文是凤凰的，柯南·道尔是伦敦的。

阿加莎·克里斯蒂在这座城市写了《东方快车谋杀案》，她住过的酒店还在。我试着读了几段，太啰唆沉闷了，看不下去，可能我已过了看这书的年龄。到了那家酒店，只在大堂里坐了一会儿，上了个洗手间。

茨威格也写过这座城市，写穆罕默德二世1453年攻克君士坦丁堡的故事——一个小小的疏漏，一扇小门没关好，导致全城沦陷。书里提到圣索菲亚大教堂，孤城沦陷前，几千名拜占庭人在教堂里做最后的祈祷。我在圣索菲亚大教堂里逡巡了很久，听着，嗅着，那么多的时间，那么多的祈愿、控诉、忏悔，踪迹全无，可能都沉淀进石头柱子、石头穹顶、石头门廊里了。所有柔软、温暖最终都将归于坚硬、冷静。

蓝色清真寺，不必非要进去，我只把这名字细细地咀嚼，已是满口的橄榄味，满脑子的天空高远，各种蓝色层叠向上。我坐在清真寺的大院子里，举着 iPad 为来往的人拍照，拍到谁算谁，全凭偶然。很多人在大草坪上睡觉，我在大太阳地里走了一下午，又热又疲倦，也躺下来。在一个清真寺的殿堂里，地毯软软的，殿堂里凉丝丝、静悄悄，做梦都是圣洁的。

苏莱曼尼耶清真寺的土耳其浴室，有几百年历史了，进入大厅，香得我浑身软绵绵，马上要瘫倒。穿好木头拖鞋，腰部围上一块大毛巾，我走进著名的土耳其浴室，耳畔响着低回悠远的土耳其笛声。屋子里热气氤氲，屋中间有一块滚烫滚烫的大石台，我要趴在上面，把自己熏蒸20分钟。据说水汽朦胧的四壁上描摹有古老的、色彩艳丽的壁画，这让我感觉自己已进入爱伦·坡的某部小说里，有一种恐怖的华丽，趴在石台上，等着"行刑人"的到来。"行刑人"来了，是一位土耳其大叔，他把我扯到旁边小一些的房间里，将我按在另一个滚烫的石台上。一大盆水浸着很多块香皂，好像一大团火烧云在皮肤上滚过，接着，撅胳膊拽腿，拧来拧去好一阵，最后端起整盆的清水泼在我身上，哗啦啦地仿佛把凉水泼到油锅里。"行刑"终于完毕，解脱了，我出来斜靠在靠垫上，喝了几杯鲜榨果汁，打个盹儿，玩味"劫后余生"的滋味。我走到阳光下，感觉皮肤嫩嫩的、香喷喷的，真想咬自己一口。

土耳其的甜点，跟土耳其浴一样，幸福得让你眩晕；咬一口，满口流蜜，让你担心这个国家的人民会不会都是长不大的爱吃甜食的馋嘴小孩。

就是这样一个甜蜜蜜、香喷喷的地方，街边烤着大块的牛羊肉，人们咕嘟咕嘟地抽着水果味道的水烟；他们的音乐却是悲伤忧郁的，像是沉浸在回忆里，失落得无可名状。

土耳其的乌德琴是11根弦，琴颈上无品位，是吉他的老祖宗。乌德琴跟中国古琴一样，在漫长的时间里，孕育了自己鲜明的音色和性格，随意弹奏就让人感觉回到古老的亚洲深处——骆驼商队，羊皮古卷，宗教战争，迁徙的人群，盛衰交替的帝国。

　　土耳其大巴扎，是全球最大的巴扎，比整个大理古城还大。进去后，你首先要捂住钱包，心里默念：克制，冷静。好玩好看的东西太多了，加之还有很多换钱的银行。你要是带了个文艺女朋友来，那后果将不堪设想，就算你舍得花钱讨美人欢心，你还要有力气大包小包地背回国。我闭上眼睛，捂住耳朵，逛了好几条街，只花了100多元人民币。然而，到了一家琴行，满墙的乌德琴，彩色的迷你手风琴，各类叫不上名字的乐器，老板为我现场演示，弹得我心潮澎湃，吹得我肝肠寸断，于是，我的钱包打开了，冷静融化了。我买了一支忧伤的笛子，声音像黑管，暗暗地如泣如诉。我又买了把小手风琴，抱在怀里，就像抱个婴儿，天蓝色的，路边卖唱人最爱用。最后，我一咬牙，买了个终极性乐器——乌德琴，挑了最贵的，音色很好听，管他何年何月才能学会！到隔壁买了个大拉杆箱，我将所买乐器装满拉起来，向琴行老板挥手道别，走了，再不敢回头。

　　回国乘坐的是土耳其航空公司的飞机，餐饮很豪华，竟然供应伏特加、威士忌、干红、干白，我都不要，我向空乘要土耳其的拉克酒，且要加水。这酒原本透明，加水会变成乳白色，空乘小伙子见我识货，是个酒行家，专为我开了一瓶。酒里有葡萄、蜂蜜、茴香和奶的味道，经水调和，不温不火，12小时的飞行，正好一杯一杯到北京。

（摘自《读者》2019年第19期）

聆听父亲

张大春

　　我父亲教我认字的招数极多，我不知道将来是否应该照样移植到你的身上。这一点着实令人困惑——我猜想我能够认得的字都与一连串定型定性的故事有关，于是这形成我对个别文字的成见。

　　我曾经跟你说过，祖家大门的一副对子是请雕工刻的，长年挂着，一到腊月底，卸下朱漆雕版墨漆字，重髹一遍，焕然一新。联语从来都是："诗书继世，忠厚传家。"我父亲来台之后，配舍在眷村之中，便改成："一元复始，万象更新。"有时下联也写作"大地回春"。

　　我最早认识的大约就是联语上的这些字。在上学认字之前，我父亲总是拿这些字当材料，一个字配一个故事。多年以后，我只记得"象"的故事。大意是说，有个善射的猎户，受一群大象的请托，射杀一头以象为食物的巨兽。那猎户一共射了三箭，前两箭分别射中巨兽的两只眼睛，第三箭等巨兽一张嘴,正射入它的喉咙。此害一除,群象大乐,指点这猎户来至一片丛林。群象一卷鼻子就拔去一棵树,拔了一整天,铲平林子,地里露出几万支象牙,猎户因此发达。至于那巨兽有多大呢?据我父亲说,一根骨头得几十个人才抬得动,骨头上有洞,人可以往来穿行。

说这些故事的时候,多半是走在路上。大年下,父亲牵着我在纵横如棋盘的巷弄间散步,经过某家门口便稍作停留,看看人家的春联写了些什么。偶尔故事会被那些春联打断——走不了几步,父亲便分神指点着某联某字说:"这副联,字写得真不错。"或者:"这副联,境界是好的。"

等我念了小学,不知道在几年级时,自家大门口的联语换成了"依仁成里,与德为邻"。父亲解释,这是为了让邻居们看着高兴。据我对巷弄间穿梭打闹的孩子们的观察,没有哪家邻居会注意我家大门边写了些什么。我家与邻人素来相处不恶,应该是往来串访不多、难得龃龉之故,跟门上的春联显然无关。但是,我注意到一个细微的变化:父亲同我再闲步于里巷间时,竟不大理会人家门上新贴的对联了。有时我会问:"这副字写得怎么样?"或者:"这副联的意思好吗?"他才偶掠一眼,要么说:"这几个字不好写!"要么说:"好春联——难得一见了。"

上高中后,我开始读帖练字,父亲从不就个别字的解体构造论长短,偶有评骘,多半是:"《张猛龙碑》临了没有?"或者:"米南宫不容易写扎实,飘不好飘到俗不可救。"那是1971年前后,我们全村已经搬入公寓式的楼房,八家一栋,大门共有。彼时,我们父子俩几乎不再一道散步了。有一年,热心的邻居抢先在大门两边贴上"万事如意,恭喜发财"。我猜父亲看着别扭,等过了元宵节,他才忽然跟我说:"赶明年,咱们早一天把春联贴上。"

这年岁末,我父亲递给我一张字条,上写两行:"水流任急境常静,花落虽频意自闲。"中间横书四字："车马无喧。"接着，他说："这原是贴在咱祖家北屋正门上的，你写了贴上吧。"一直到他从公务岗位上退休，我们那栋楼年年贴的都是这副联。

　　我在父亲退休那年的腊月里出国，到过年了才回家，根本忘了写春联这回事。这一年大门口的联语是舅舅写的，一笔刚健遒劲的隶书："依仁成里，与德为邻。"横批是："和气致祥。"

　　我问父亲，怎么又"邻"啊、"里"啊起来。他笑着说："老邻居比儿子牢靠。"我说这一副没什么个性，配不上舅舅的字。他却说："之前那一联，作隐士之态的意思大些，还不如这一副。"说着，他又掏出一张纸片，上头密密麻麻地写着："放千枚爆竹，把穷鬼轰开，几年来被这小奴才，扰累俺一双空手；烧三炷高香，将财神接进，从今后愿你老夫子，保佑我十万缠腰。"横批是："岂有余膏润春寒。"我笑说："你敢贴吗？"父亲说："这才是寒酸本色，你看看满街春联写的，不都是这个意思？还犯得着我来贴吗？"我回首前尘，想起多年来父亲对写春联、贴春联、读春联的用意变化，才发现，他的孤愤嘲诮一年比一年深。我现在每年都作一副春联，发现自己家门口老有父亲走过的影子。

（摘自《读者》2021年第3期）

不知老之将至

和菜头

在我还是个少年的时候，对成为大人之后的情形有两种恐惧。一种是变成一个讲台上秃顶大肚子的中年男子，面对人群侃侃而谈。大学一年级参加讲座的时候经常目睹这样的场景，我站在人群中，看着身边一张张兴奋的年轻面孔，觉得一切都难以置信。我不觉得那是什么讲座，引起狂热的总是那些对年轻人的巧妙恭维和对前景莫名其妙的承诺。总之，在我看来那都是一些言辞上的技巧，和知识、见地、智慧全无关系。

另一种恐惧来自我对生活的观察。我发现成年人时常会说重复的话，而且年龄越大越容易如此。他们可能在几天前已经和你说过相同的话，用相同的逻辑、相同的表达做过一番表述。但是几天后，他们仿佛浑然忘记了有过这样的谈话，带着和上一次相同的表情和兴致，向你复述一遍，还希望你会有和上一次相同的反应。这时候作为一名年轻人，你不得不保持得体的态度，但是又会忍不住透过对方的眼睛，想看清楚对方的颅骨深处究竟是怎样的结构，是一片混沌的星云，还是一个无限循环的圆周？以及免不了去思考：同样是人类，为什么他会和我有这么大的不同？

不同的表征之下，隐藏着相同的原因。即便是一个少年，也可能在很早之前就觉察出成人世界里隐藏着的衰朽气息。这两件事情之所以会让我感到恐惧，是因为其下掩饰不住的衰老。当一个人开始老去，并非只是皮相上的改变。在那一天到来的很久之前，他的精神世界早已经开始衰败。一个雄心勃勃的讲演者，不会热衷于征服天真无知的少年；一个勇于思考的写作者，不会沉迷于既有的知识和观念边界。防守方才总是和边界平行着巡逻，进攻方却总是对边界垂直前突。

每当我环顾和我同时代的人，看到他们安营扎寨，有时候不免心生羡慕，觉得他们得据此土，也算是很好的选择。但是再看他们从此不再前行，又会有更大的恐惧升起，远甚于对身无立锥之地的恐惧。我怀疑人生中并没有什么在小院葡萄藤架下的躺椅上的安然老去，或者说，这样的幸运并非人人都有。有的是不间断的跋涉，不停歇的出发，如果世界是一张不透明的黑色地图，一个人能做的是努力多探亮一小圈面积。虽然和地图的总面积相比，那不过是微不足道的一个小点，但是，探亮的行为本身是有意义的，它和不断侵蚀自己的衰老相抗衡，努力激发出对生活和人生的兴趣来。临到终了，也许会活出一点点不同的自我。

《论语》里有一句话："其为人也，发愤忘食，乐以忘忧，不知老之将至云尔。"我曾经觉得这是很容易做到的事情，无论是读书、看电影还是打游戏，早就已经抵达这样的境界。可我现在觉得，自己能够做到后半句就已经很不错了，更别说什么忘食忘忧。实际上，我认为不知老之将至已经算得上是一种幸福人生。起码一个人有值得继续前行的理由，并且知道自己的惊人无知,像个孩童那样还对世界充满了好奇。还有什么比这更美好的人生呢?

(摘自《读者》2020年第10期)

虚室生白

郭华悦

"虚室生白",这句话出自《庄子》。

所有过往,皆为序章。轻轻放下过去,眼光投向未来,由满入虚,于是,空而后生,这就是"虚室生白"之意。

在青春岁月,人大多是趋满的。喜欢用一身青翠,将自己打扮得葱葱茏茏。理想与感情,鲜嫩如春,热烈如夏。巴不得将每一日的时光,都安排得满满当当。对于虚,唯恐避之不及。

什么时候,才会开始明白虚的可贵?

一个人有了阅历,渐渐有了一双洞悉世情的眼睛后。此时,再回顾自己的生活,难免于满满当当之间渐感累赘。删繁就简之余,恍然察觉,过往的日子里,自己在可有可无的人与事上,浪费了太多的时间,以致如今前路漫漫。

通过"虚室生白"这句话，庄子想说的是，生止于满，而源于虚。

正如一棵树，经历了春的初生、夏的繁茂，于满满当当之时，就会停下生长的脚步，由满入虚，直至下一个年轮的开始。秋冬的萧条，由满入空。而这样的虚与空，为来年的生，腾出了空间。

一半圆满，一半空虚，人生便是如此。年轻时，用理想与汗水，将人生填得满满当当。然后，走到某个阶段，便得学会割舍与挥别，腾出空间，重新容纳新的事物，在空与虚之间，让自己步入另一段人生旅程。

这就是"虚室生白"的意义。虚，而后生。

（摘自《读者》2021年第16期）

我的船长，聂鲁达
凯 迪

我对南美大陆的最初印象，来自一位智利诗人，他一句"我用第三只耳朵聆听大海"，让我魂牵梦绕多年。

多年以后，踏上这片陌生的土地，我所期待的，不是充满异域风情的市井街头，不是桑巴与美女，而是诗人聂鲁达笔下那艘"搁浅的船"。

我的船长

从中国前往智利这个遥远的国度，往往要从美国或欧洲转机，一连30多个小时的飞行，让智利变成一个让旅游爱好者们望而却步的地方。

犹记得在春节期间落地圣地亚哥，满城的西班牙风情：西班牙语路牌，殖民风格的建筑群，大喇叭里放着的弗拉明戈音乐。唯一与西班牙不同的便是混杂着黑人奴隶、印第安原住民和白人侵略者血统的当地人。他们天生就有健康的小麦色皮肤,有线条优美的身形,从不同祖先那里继承来的双眼皮、高鼻梁。这是世界上最漂亮的人种之一。

这个夹在南太平洋与安第斯山脉之间的狭长国家,有多副面孔。北部大片荒芜的盐碱滩涂,是火烈鸟的家园,夕阳西下时低空盘旋的鸟群,好像染红天际的火烧云;中部有大片火山群,再往南,是连绵起伏的雪山天际线,巴塔哥尼亚高原是人类最后征服的一片土地;视野所及的大陆尽头,便是传说中的火地岛,相传西班牙殖民者看到海上升起的炊烟,便以"Tierra del Fuego"命名它;再往南,就是魔鬼西风带环绕的南极洲。

生在如此风情百变的国度,聂鲁达却唯爱大海。他是这个世界上最会说情话的男人,一生留下了许多经典名句。从"爱很短,忘却很长",到"我喜欢你是寂静的",皆是不可多得的文学瑰宝。当年西班牙用一个连征服了南美,把金银运回欧洲,把西班牙语留了下来。于是,聂鲁达的篇篇诗作,皆由西班牙语写成。

聂鲁达出生在海边,终其一生都对大海有着特殊的感情。他位于智利首都圣地亚哥的故居,整体色调是大海深邃的蓝色。他把餐厅改装成船舱的样子,煞有介事地摆放了纤绳和锚,调侃其为一艘搁浅的船,也是他心里的乌托邦。

这栋小房子有自己的名字,La Chascona——本意是红色的拖把,是聂鲁达给幽居在此的情人马蒂尔德起的昵称,因为她有一头红棕色的、乱蓬蓬的头发。

聂鲁达在这艘搁浅的船里,和心爱的马蒂尔德生活多年,并为她匿名出版了一本情诗《我的船长》。之所以匿名,是怕被夫人发现。可惜诗人的金屋藏娇已不是秘密,再小心避人,仍免不了东窗事发。

夫人70岁时得知此事，不顾高龄，毅然与聂鲁达分居。因智利法律规定不可离婚，所以直至夫人去世，聂鲁达才迎娶新人，与情人度过余生。

一位诗人的两个女人，皆不是等闲之辈。一个爱得决绝，有"宁为玉碎，不为瓦全"的傲气；一个爱得长情，十数年牺牲自我的陪伴与蛰伏，终于感化了花心的男人。是非曲直唯有当事人可度量，看客们则乐于在游览中多收获一段八卦，增添一份乐趣。

都说"男人在吻到姑娘前歌颂爱情，而得到后就开始歌颂自由"，聂鲁达深情，但不专一。游客们往往带着疑惑：聂鲁达何德何能，让一个女人忍受世人的非议，心甘情愿地当他的情妇？

看看他为马蒂尔德修建的房子，便略知一二。他在这里投入了大量的精力，周游世界寻来的纪念品，从中国的工笔画到非洲的雕像，尽数摆放于此。聂鲁达一生最珍惜的收藏品、理想中的大海里的船，以及他爱的女人，都在这里了。

他们一起修建的这所房子，凝聚着二人和谐一致的灵感和创意，任何人都无法插足。聂鲁达曾经走过无数木桥的破皮鞋，淋过暴雨、挡过海风的旧外套，在世界某个角落捡回的石子，只有她懂。聂鲁达用最伟大的语言表达着自己对她的爱，他让马蒂尔德坚信自己不会离开她，单凭这一点就比世间绝大多数不善言辞的男人强了太多。

马蒂尔德不是一个简单的女人，她承受着世人的指责，并不表态。而在聂鲁达去世后，她投身于他的博物馆修建和精神传播事业，多年的努力终究改变了人们的看法。

"仗义每从屠狗辈，负心多是读书人。"诗人的爱情，不是我等可以言尽的。

我享用了它的辽阔

"我享用了它的辽阔,它那亲切的辽阔,却无法把它五彩缤纷的右侧、它新生的左侧、它的高山和深谷尽收眼底。"这是聂鲁达写给瓦尔帕莱索的诗。

"我有点儿厌倦圣地亚哥了,我想在瓦尔帕莱索找间房子居住和写作。你觉得我能找到这样的房子吗?"聂鲁达晚年曾给朋友写过这样一封矫情的信,此后,这间房子以及他在此写下的诗,都成了瓦尔帕莱索最好的旅游名片。

瓦尔帕莱索是一个背山面海的小镇,西班牙语的意思是"天堂谷"。若不是因为聂鲁达曾经在这里生活,我肯定记不住这个绕口的名字。曾经,瓦尔帕莱索是去往南美麦哲伦海峡与合恩角的船只的中转站。16世纪时,贸易往来使瓦尔帕莱索盛极一时,大批欧洲移民来此定居,沿山坡铺展开大片彩色的房子。

后来巴拿马运河开通,港口经济衰退和地震袭击让这里不复繁盛。此时的瓦尔帕莱索,却成了文艺青年的失乐园。退休的海员、收集草木的自然主义者、隐士、孤独的探险家,各种各样奇怪的人都在这里找到了自己的"家",聂鲁达最终也加入了他们。

来到小镇,第一秒就能感受到聂鲁达的存在,那是他的支持者为他作的画,以整面白墙为背景,描绘着他经典的造型——戴贝雷帽以及饱含深情的微笑。另一边,是一整个街区的蓝色,墙面上翻滚着海浪,海水中漂满信笺,鱼张嘴诵着无言的诗,茫茫大海中站着一个渺小的人,神情模糊。

站在山顶俯瞰,小镇像一个希腊剧场,太平洋是天然的舞台,城市便是层层看台,从海边低处向高山逐层铺展。依山建楼,傍海造屋,彩色的民居倾泻而下,教堂尖塔点缀其中,汇集了全世界色彩的海滨小镇,果然名不虚传。

在瓦尔帕莱索的街头巷尾找不出一面空白的墙。大面积对撞的红色、橙色,掺杂着绿色、蓝色。没有所谓的搭配,全是任性妄为的色彩,就像调色盘上未加工的油彩。五颜六色的房子,角角落落都是色块,蜜桃粉的墙支撑起柠檬黄的屋顶,玫瑰紫的百叶窗衔接着矢车菊蓝的窗台,让人忍不住赞叹当地人的美学造诣。

在半山腰的彩色房子里,有一栋聂鲁达的面海别墅。中国诗人海子有句诗:"我有一所房子,面朝大海,春暖花开。"这个浪漫的梦想,被另一个诗人实现了。

(摘自《读者》2019年第1期)

自我的拗力

张 炜

苏东坡的直谏，包括沉沦后回归田园、对于诗画艺术的嗜好、愈来愈深地走入民间、热衷于异人异事等，这些都是出于一种天性。这就是现代人所讲的"自我"。就是这种生命中的强大牵拉或推动力，才造就了这样一个苏东坡。这个"自我"是其本来质地，是基础、核心与源头。它本来就在那里，不曾偏移或丢失，所以一直顽强地吸引他、作用于他、固定他。它有不可抵挡的生命的磁性，将一个人紧紧地吸住。他的言行一旦与之发生冲突，或稍有松脱剥离，就会感到撕扯的痛楚，不可忍受。这是一种自然的反应。

自我的拗力在不同的人身上体现出不同的情状，越是敏感强大者就越容易被它牵引和规定，在行进中受制于它。在这个过程中，生命个体与客观环境往往不断冲突，并渐渐变得不可调和，愈来愈剧烈地破坏他与社会相对和谐的关系。出于理性的把握，一个人在生活中或有其他选择，却往往难以实施，最终变得软弱下来。可见"身"和"心"是一对矛盾体：心里要规避，身体却要趋近；本想疏离，另一种莫名的力量却要把人揪住。苏东坡屡次要求朝廷将其外放，这是理性的判断；但真正远离之后，他又渴望进入权力的中心。现实是残酷的，他最后要被迫走得更远，到黄州、惠州，再过海入琼，进入荒凉的蛮夷之地。

　　人生的不测与危厄，其中一部分源于自我的拗力，是它作用于生命的结果。它终究是一种神秘的、无法改变的力量。苏东坡在长长的迷途中不断感悟，有时对前路与后路似乎是清晰的，觉得自己正沿着一条隐隐的轨迹向前挪动，生命被其牵引。"惊起却回头，有恨无人省。拣尽寒枝不肯栖，寂寞沙洲冷。"（《卜算子·黄州定慧院寓居作》）这是苏东坡的第一次沉沦，是他在惊魂未定之际在黄州写下的词句。"惊起却回头"，即看到那片灯火辉煌处，那个热闹而混乱的蜂巢，爱恨尽在其中。此刻他作为一只孤独的鸿雁，找不到落脚的地方，从一个寒枝跳到另一个寒枝，依旧难以停留。在这个时刻，一个惊魂未定的、疲惫的生命多么需要一个支点、一处喘息之地。他在生活中何尝不想通融，许多时候也唯恐不周，但一切都无从弥补，作用有限。那个"自我"实在太强大了。违心是痛苦的，他最后还是不能委屈自己。在它的牵拉之下，诗人缓缓地、不可更移地走向一个目的地。

　　鹰飞得再高，最后还要落到地上。这是生命的隐喻。

　　关于命运，我们一直尝试用多种方法寻找答案，常常归于迷茫。它超出了我们的理性。谁使我们亏空，谁让我们偿还？仍旧不得而知。那些智者期望在离开之前偿还自己全部的账单，结算之路却十分漫长。

（摘自《读者》2021年第22期）

致 谢

  2021年7月1日,习近平总书记在庆祝中国共产党成立100周年大会上指出:"一百年前,中国共产党的先驱们创建了中国共产党,形成了坚持真理、坚守理想,践行初心、担当使命,不怕牺牲、英勇斗争,对党忠诚、不负人民的伟大建党精神,这是中国共产党的精神之源。一百年来,中国共产党弘扬伟大建党精神,在长期奋斗中构建起中国共产党人的精神谱系,锤炼出鲜明的政治品格……"这些精神包括井冈山精神、长征精神、遵义会议精神、延安精神、抗战精神、西柏坡精神、抗美援朝精神、"两弹一星"精神、改革开放精神、抗洪精神、抗震救灾精神、脱贫攻坚精神、抗疫精神等伟大精神。为了与广大读者一道更加深刻地理解、感悟并弘扬这些伟大精神,我们编选了"读者丛书(2022)"作为这套丛书的第6辑。丛书以"建党精神""脱贫攻坚精神""抗疫精神""'三牛'精神""科学家精神""企业家精神""探月精神""新时代北斗精神""丝路精神""改革开放精神"为主题，从以《读者》为代表的各类报刊、图书、网站等渠道精选了600多篇精美文章汇编成书，所选文章以生动鲜活的事例印证、诠释了这些伟大精神的深刻内涵和永恒魅力，激励我们永远斗志昂扬、奋发向上。

比之往年，今年的"读者丛书"有了几点变化：一是以出版年份作为新一辑丛书的标记；二是为了满足不同读者的阅读需求，我们还增加了两个小套系：一套精选了近180篇适合中学生阅读并且有助于他们正确处理与同学、老师和家长关系的文章汇编成3册，这些文章通过一个个生动有趣的小故事阐述了深刻的人生道理，能让读者在轻松有趣的阅读氛围中享受成长的快乐；另一套则以"家庭家教家风"为主题，分别精选相关美文编辑成3册，希望我们能继承中华优秀传统，建设文明家庭，传承良好家教，树立纯正家风，营造出更加和谐文明的社会风气。

与往年一样，"读者丛书（2022）"的策划、编辑、出版得到了中共甘肃省委宣传部、甘肃省新闻出版局以及读者出版集团、读者杂志社等各方的指导和帮助，在此深表谢意！与此同时，丛书的编选也得到了绝大多数作者的理解和支持，他们对作品的授权选编和对丛书的一致认可解除了我们的后顾之忧，对此我们表示诚挚的谢意！虽然我们尽力想把工作做得更细致、更扎实，但因为种种原因依然未能联系到部分作者，对此我们深表歉意，也请这些作者见到图书后与我们联系。我们的联系方式是：甘肃人民出版社（甘肃省兰州市曹家巷1号新闻出版大厦14楼，730030，联系人：肖林霞，13893138071）。

"江山无限好，祖国万年春。"编辑出版"读者丛书2022"，我们希望与广大读者一起继承和弘扬这些伟大精神，把伟大祖国建设得更加美好。

读者丛书编辑组
2022年8月